「言葉を理解できないところを察するに、頭の中の小さい脳みそが腐っているのではありませんか？」
「いやあ、これは手厳しい！まったくカミラにはかなわないよ！」

ハンス
ファビアンが苦手とする、
カタブツで武闘派の
古参執事。
ヴァイオレット
ファビアン
ナルシストで、
古龍族の坊ちゃん。
意外に天才肌な一面も!?
カミラ
ファビアンとは
腐れ縁的関係の戦闘メイド。
ドS気質の美人。

賢龍王
ジークフリート
リア
エリーゼ
ベル
タスク
万能スキルを持つ
開拓領主にして
元サラリーマン。
アイラ

「お、おかしいではないか。
私のようにがさつな女が、花にうつつを抜かしているなど……」
顔を真っ赤にさせ、身体を硬直させるヴァイオレット。
どうやら褒められ慣れてないらしい。
こんなに綺麗なのになあ？

異世界のんびり開拓記

-平凡サラリーマン、万能自在のビルド＆クラフトスキルで、気ままなスローライフ開拓始めます！-

4

author
タライ和治
illustration
イシバショウスケ

口絵・本文イラスト　イシバシヨウスケ

もくじ

第1章　新年と宿題

リビングの窓を開けると、灰色がかった空に白い吐息《といき》が消えていく。

すっかりと見慣れた二つの太陽もなんだか頼《たよ》りなく、樹海から吹《ふ》き抜《ぬ》ける風は、日を追うごとに寒気を増していった。

「さすがに寒いなあ。しらたまとあんこは平気か？」

上着の襟元《えりもと》からひょっこりと顔を覗《のぞ》かせた白色の小鳥と黒色の小鳥は、服の中でもぞもぞと動き、オレの顔を覗き込《こ》むように体勢を変えてみせる。

「みゅっ」

「みゅう」

愛らしく鳴き声を上げる頭を軽く撫《な》でてやり、オレは二匹《ひき》の朝ご飯を用意するため、キッチンに足を運ぶのだった。いつも通りの何気ない日常――そう思われるかもしれないけれど、本日は一月一日。新年初日である。

コホン。改めましてですが、皆《みな》さん、あけましておめでとうございます。タスクでございますですよ～。寝不足《ねぶそく》と二日酔《ふつかよ》いで頭はフラフラしておりますが、なんとか元気にやっておりますとも。

というのもですね、いまから七時間前でしたか、領民総出で年越《としこ》しのカウントダウン兼《けん》新年を祝う大宴会《だいえんかい》が開かれまして、それが終わったのが午前四時なんですよ。

泥《どろ》のように眠《ねむ》っている最中、リズミカルに頬《ほお》をつついて起こしてくれたのが、しらたまとあんこでして。「朝ご飯はまだですか?」と、つぶらな瞳《ひとみ》で訴《うった》えかける二匹を伴《ともな》って寝室《しんしつ》を後にしたと、そういうわけなのです。

ちなみに奥様方《おくさまがた》はといえば、オレの寝室で揃《そろ》ってすやすやと寝息《ねいき》を立てております。オレが眠りについた後も仲良く飲んでいたみたいで、目を覚ますと、ベッドの右側には全裸《ぜんら》のアイラ、左側には半裸《はんら》のリア。ベルとエリーゼは空になったワイン瓶《びん》を抱《かか》えて床《ゆか》に寝転《ねころ》んでいる、ある意味で凄惨《せいさん》な状況《じょうきょう》。あと、当然ながら、部屋の中がメチャクチャ酒臭《さけくさ》い。

換気《かんき》したい気持ちをグッと堪《こら》え、四人に毛布を掛《か》け終えてから、起こさないようにそっと一階に降りてきて、いまにいたると。

というか、床もテーブルもワインの空《あ》き瓶だらけなんだけど……。四人とも、どんだけ飲んだんだよと思いつつ、オレはテーブルの上を片付けてから、木の実や穀物を盛り付けた小皿を二枚用意したのだった。

「お待たせ。たくさん食べるんだぞ」

上着から白色の小鳥と黒色の小鳥を取り出して、テーブルの上に乗せてやる。

二匹のミュコランはとてとてと歩き出し、みゅみゅと喜びの声を上げながら、朝ご飯をついばみはじめた。ここに来た当初はせいぜいヒヨコぐらいの大きさといった小鳥たちも、いまでは二回りほど身体が大きくなっている。

もっともミュコランという鳥はこれから急激に成長していくらしい。三ヶ月もしないうちに成体になるそうで、いつまで同じベッドで眠れるかなとか、そんなことをぼんやりと考えながら、オレは酒宴《しゅえん》の後片付けに取りかかった。やれやれ、お祭り騒《さわ》ぎで新年を迎《むか》えるのは、どの世界でも共通らしい。

かくいうオレ自身、飲み過ぎたせいか、頭の中にアルコールのもやがかかっている。身体から酒を抜くためにも、片付け終えたら朝風呂《あさぶろ》に入ってサッパリしよう。

せっかくの新年なのだ。どうせなら晴れやかに過ごしたい。心身共にスッキリしたら、いいアイデアも浮《う》かぶだろうし……。

そこまで考えて、オレはリビングの片隅《かたすみ》に視線をやった。多種多様な作物の種子が山積みになった光景に、小さなため息をひとつ漏《も》らす。

「さてさて。どうしたもんかなあ、コレ……」

義理の父親でもある、『賢龍王《けんりゅう》』ジークフリートから与《あた》えられた宿題は、手つかずのまま放置されていたのだった。


話は結婚式《けっこんしき》まで遡《さかのぼ》る。

挙式後に催《もよお》された大宴会の後、正式に義理の父親となったジークフリートは、一本の赤ワインと二つのグラスを手にオレのもとへやってきた。

「約束していたであろう？　一杯《いっぱい》やろうではないか」

リアが生まれた年に醸造《じょうぞう》されたという、八十年ものの赤い液体をグラスに満たしつつ、義父は上機嫌《じょうきげん》に語をついだ。

「このワインもいつになったら飲めるものかと思っておったが、そなたのおかげで無事に開けることができた。礼を言うぞ、タスクよ」

「こちらこそ、おかげさまで素敵《すてき》な妻を迎えることができました。礼を言うのはむしろこちらのほうといいますか……」

「しかも、四人同時にな」

ニヤリと笑ってから、龍人族《りゅうじん》の国王はグラスを掲《かか》げると、それを口に運んで一気に飲み干した。あっという間に空になったグラスを見やり、オレは慌《あわ》てて二杯《はい》目を注ぐ。

「オレにはもったいない女性《ひと》たちです」

「そう思っておるなら、せいぜい大切にすると良い。それに、ワシとしては、そなたにあと六人ぐらいは妻を迎えて欲《ほ》しいと考えておるのだ」

「ムチャクチャ言いますね」

「なにを言うか。結婚《けっこん》したからには世継《よつ》ぎを設けねばならぬ。それも、多ければ多いほどよいのだぞ」

あ、ヤバイ。これは「早く孫の顔を見せろ」だなんだと、話が長くなるパターンだと直感で察したオレは、ワインを飲むよう義父に勧《すす》めると、三杯目を注ぎながらさりげなく話題を転じるのだった。

「この土地に商業都市を作るという目標もあることですし、新婚《しんこん》ボケしないよう、せいぜい頑張《がんば》りますよ」

「殊勝《しゅしょう》な心がけだ。そうなった暁《あかつき》には、また美味《うま》い酒を酌《く》み交《か》わしたいものだな」

「ええ、ぜひ」

よしよし、上手《うま》いことかわせたぞと、安堵《あんど》のため息を漏らしつつ、グラスを口元に運び、芳醇《ほうじゅん》な香《かお》りを楽しもうとした、まさにその矢先のこと。

「しかしなんだな、タスクよ。美味い酒には絶景がつきものだと思わぬか？」

これまた急にジークフリートが話題を切り替《か》えたので、オレは空中で手を急停止させては、まだ口のついていないグラスをおろし、次の言葉を待つのだった。

「そなたのガーデンテラスはなかなかに味わい深いが……。ワシとしてはもっと華《はな》やかなほうが好みというかの」

「華やか、ですか？」

育てている花が地味だといいたいのだろうか？　ココをはじめ、妖精《ようせい》たちが気にいる程度には結構な種類を取りそろえているはずなんだけど。

「ケチを付けるつもりはないのだ。ただな、そなたは異邦人《いほうじん》であろう？」

「はあ」

「異邦人であれば、元いた世界の草花を育てられるのではないかと考えてな」

「はあ……」

「かつてハヤトから聞いたことがあるのだ。そなたらの暮らしていた国では〝サクラ〟という、見る者を魅了《みりょう》する花があるということを」

二千年前にこの世界を救ったという偉大《いだい》な大先輩《だいせんぱい》の名前を口にして、ジークフリートは期待の眼差《まなざ》しを向ける。

「そこで相談なのだが」

「……まさか桜を育てろとか言うんじゃないでしょうね？」

「おお、流石《さすが》は婿殿《むこどの》だ。察しがいいな」

いやいやいやいや、日本じゃないから無理ですって！　種子も苗木《なえぎ》もないんですよ!?

ゼロからどうやって育てるのさ！

で、気付いたね。もしかしてこの人ってば、オレの構築《ビルド》のスキルで桜を生み出せるって考えてるんじゃないのかって。

「これまでも不可思議な植物を生み出してきたではないか。〝サクラ〟ぐらい造作もなかろう？」

またまた、ご冗談《じょうだん》をと言うより先に、ジークフリートの顔を眺《なが》める。いたって真面目《まじめ》な面持《おもも》ちに、オレは「マジですか、お義父《とう》様」と言いたくなる気持ちをグッと呑み込んだ。

「なに、急ぐ必要はないのだ。慌てず腰《こし》を据《す》えて、〝サクラ〟の構築に励《はげ》んでもらいたい」

「……構築できる保証はどこにもないのですが」

「わかっておるわかっておる。みなまで言うな。これはあくまで〝サクラ〟を愛《め》でてみたいという、ワシの願望に過ぎぬのだからな。……しかしな」

「……？」

「そなたらの国では春になると、〝サクラ〟を愛でながら宴席《えんせき》を設ける、花見という行事があると聞いたぞ？　それまでには愛でられるものだと信じておるからな」

ガーッハッハッハと豪快《ごうかい》な笑い声を上げて、ジークフリートは赤い液体を喉《のど》に流《なが》し込む。

タイムリミットがあるんじゃないですか……。

絶対ムリだと思いながらも、声に出しては繰《く》り返し善処しますとだけ答え、オレはようやく赤ワインに口をつけた。

逸品《いっぴん》であるはずの赤い液体に、酸味と苦みを覚えたのは、『賢竜王《けんりゅう》』からの重圧が多少なりとも影響《えいきょう》していたのだろう。味わう余裕《よゆう》もなく、オレは赤ワインを一気に飲み干した。


ジークフリートからの思わぬ〝宿題〟は、オレの肩《かた》に重くのしかかった。なにせ、まったくといっていいほどに手ごたえがないのだ。

龍人族の商人であるアルフレッドに片《かた》っ端《ぱし》から種子を仕入れるようにお願いして、ありとあらゆる組み合わせを試《ため》したんだけど、どれもこれも枯《か》れてしまう。

構築のスキルが使えなくなったのかと一瞬《いっしゅん》疑ったものの、そういったわけではないようで、資材の加工などにかんしては変わらず絶大な効力を発揮しているので、単に〝当たり〟を引いていないだけと、つまりはそういうことらしい。

そりゃそうだよ、簡単に桜の種子が作れるようなら、とっくの昔に米の種子だって作れているはずなんだって。いくらお義父さんとはいえ、無茶《むちゃ》ぶりにも程《ほど》がある。

とはいえ、ここまでハズレが続いてしまうと正直こたえるもので、桜は無理だとしても、なにかしらの結果は残したいという心境もある。

新年の祝賀ムードが落ち着いたら、義弟《おとうと》のイヴァンに頼《たの》んで、ダークエルフの国で育つ草花の種子を取り寄せてもらおうかな。選択肢《せんたくし》が広がれば当たりの確立も増えるだろう。

風呂《ふろ》から戻《もど》ったオレは、濡《ぬ》れた髪《かみ》をバスタオルで拭《ふ》き取りながら、再びリビングの片隅に視線をやった。視界に入るたび気になるし、進捗《しんちょく》が思わしくない以上、一旦《いったん》、種子を片付けようと思ったのだ。

「みゅう、みゅみゅみゅ」

鳴き声に目をやった先では、すっかりと空になった皿の横で寄り添《そ》うようにくつろぐ二匹のミュコランがいる。おかわりが欲しいのかなと考えたんだけど、どうやらそうではないらしい。

「みゅ、みゅ〜みゅっ」

愛らしい声色《こわいろ》で鳴いてみせると、二匹は揃って玄関《げんかん》に視線を向けた。……誰《だれ》かが来るって言いたいのだろうかと思うと同時に、ドアをノックする音が響《ひび》き渡《わた》る。

「……しらたまもあんこも、耳がいいんだな」

「みゅっ！」

誇《ほこ》らしげに胸を張る（ように見える）二匹の頭を撫でてやり、オレは玄関《げんかん》へと向かった。

「はいはい、どちら様でしょう？」

そう言ってドアを開けた先には凜《りん》とした表情をたたえた元・帝国《ていこく》軍の女騎士《きし》がいて、ブロンドのロングヘアをなびかせるように一礼した後、ヴァイオレットは口を開いた。

「朝早くからすまない、タスク殿《どの》。新年の挨拶《あいさつ》をと思って伺《うかが》ったのだ」

「ご丁寧《ていねい》にありがとう。立ち話も何だし、外は寒いから中に入ってくれ」

リビングの脇《わき》に寄せ集められたワインの空き瓶を見やり、オレは慌てて散らかっていて申し訳ないと付け加える。

「いや、お気になさらず。昨夜は大騒《おおさわ》ぎだったのだ。どこも同じ有様だろう」

ヴァイオレットとしてはワインの空き瓶などより、テーブル上に鎮座《ちんざ》する二匹のほうが気になって仕方ないという感じで、一瞬にして目尻《めじり》を下げては白色と黒色の小鳥を抱《だ》きかかえるのだった。

「しらたまたんも、あんこたんも、明けましておめでとうねえ」

「みゅ〜！」

「みゅっ！」

「ん～。お返事できていい子いい子！　今年もよろしくお願いしましゅでしゅよ～」

……もしもし、ヴァイオレットさんや、オレがいるのを忘れてはいませんかね？

まあ、このまま黙《だま》っているのも一興と、ことの次第《しだい》を見守っていたんだけど、一瞬の後にオレの存在を思い出したらしい女騎士は、見る見るうちに顔を真っ赤にさせると、お決まりの台詞《せりふ》を口にするのだった。

「クッ……！　新年早々こんな姿を見られるとはっ……！　いっそ殺してくれっ！」

「新年早々、物騒《ぶっそう》なこと言わないでもらえるかな？」

とにもかくにも落ち着くようにと席を勧め、オレはお茶の準備に取りかかった。キッチンに足を向けると、表情を引き締《し》め直したヴァイオレットがそれを制止する。

「朝早くからご自宅に押《お》しかけた上、お茶を頂戴《ちょうだい》するなど申し訳ない。お気遣《きづか》いは無用だ」

「オレが淹《い》れたいだけなんだし、気にしないでくれ。それよりも同じ領地で暮らす仲間なんだ。堅苦《かたくる》しいのはなしにしよう」

「そう、か……？　それならお言葉に甘《あま》えるとするか……」

う～ん。ヴァイオレットもなあ、いまだに遠慮《えんりょ》気味なところがあるというか。亡命してから日も浅いし、ある程度は仕方ないんだろうけど。もう少し、打ち解けられたらベストなんだけどねえ？

そんなことを考えながら二人分の紅茶を淹れて、テーブルの上に差し出した。いただきますと口にする女騎士に頷《うなず》いて、オレはティーカップを手に取った。

「今日伺ったのは他でもない。新年の挨拶も兼《か》ねてなのだが、実はタスク殿に相談したいことがあるのだ」

「相談？」

口元に運んだティーカップをテーブルに戻し、オレはヴァイオレットに向き直った。

「うむ。こちらでお世話になってから日も経《た》っていることだし、私もフローラも仕事に就《つ》きたいと考えたのだ」

言われてみれば確かに、亡命者として受け入れるだけ受け入れて、これから先どうするかはまったく考えてなかったな。

「領主殿にお考えがあるのなら、それに従うまでなのだが。個人的に興味のある仕事を見かけてな。できればそれを手伝いたいのだ」

背筋をピンと伸《の》ばし、紅茶を口にするヴァイオレット。興味のある仕事ってなんだろう？

「リア殿とクラーラ殿が、妖精たちと一緒《いっしょ》に薬草や草花を育てられているだろう？　多少なりとも知識があるので、私もそれを手伝えればなと思ってな」

「ああ、そっか。帝国では『花の騎士』って呼ばれていたんだっけ？　それなら詳《くわ》しいはずだよな」

その言葉に驚《おどろ》いたのか、ヴァイオレットは口にしていたお茶を吹き出して、ゲホゲホと激しくむせている。

「だ、大丈夫《だいじょうぶ》か？」

「げほっ！　げほっ……！　し、失礼したっ……！　誰からそのような話を……？」

「え？　リアとエリーゼからだけど……」

「クッ……迂闊《うかつ》だった……！　フローラに口止めしておかなかったばかりに……！」

花の騎士と呼ばれていたことは秘密にしておきたかったのか、ヴァイオレットは苦悶《くもん》の表情を浮かべている。

「別にいいじゃないか。自宅の庭園を埋《う》め尽《つ》くすほど、花が好きなんだろう？　知られて困ることでもない」

「お、おかしいではないか。私のようにがさつな女が、花にうつつを抜かしているなど……」

「いやあ？　美人には花がつきものだし、よく似合っていると思うけどなあ」

「びっ、びじっ……」

顔を真っ赤にさせ、身体を硬直《こうちょく》させるヴァイオレット。どうやら褒《ほ》められ慣れてないらしい。こんなに綺麗《きれい》なのになあ？

おっといかん。これ以上この話題を続けると、話にならないな。なにか別の話題を探さなければ。

そんなことを考えながら辺りを見回していると、ぱっと目についたのは、つい先程《さきほど》、急いで片付けたワインの空き瓶だった。

「少し聞きたいんだけど。花が好きなら、ドライフラワーとかも作れたりするのか？」

「……？　あ、ああ。割と頻繁《ひんぱん》に作ってはいたが……、それがなにか？」

「うん。ひとつ作ってみたいものがあるんだ。よかったら協力してくれないかな？」

その言葉にヴァイオレットは小首をかしげている。

上手くいくかどうかはわからないけれどと前置きした上で、オレは美貌《びぼう》の女騎士に、とあるインテリア雑貨についての説明を始めたのだった。

第2章　ハーバリウムを作ろう

数日後、ヴァイオレットとフローラの二人が、自作したドライフラワーを持って集会所に現れた。

足下《あしもと》にはしらたまとあんこの二匹が付き従っていて、その背中にはココ・ロロ・ララの妖精トリオがまたがっている。

「タスクがよからぬことを企《たくら》んでいるって聞いたのよ。気になるのが当然でしょう？」

いたずらっぽく山を開いたココは、オレの右肩《みぎかた》に飛び移った。よからぬこととは酷《ひど》い言われようだな。

「人聞きの悪いこと言うなよ。領地の交易品を試作しようとしてたんだからさ」

「それでタスク殿。言われた通り、色鮮《いろあざ》やかな草花でドライフラワーを作ってきたのだが。これでいいだろうか？」

「ああ、二人ともありがとう。それで、これを用意してっと」

透明《とうめい》な液体の入った大きな瓶を取り出すと、ヴァイオレットとフローラは揃って首をかしげてみせた。

「これは……？」

「ジェムプラントオイルさ。ついこの間、二人にも渡しただろう？」

ジェムプラントオイルは、ダークエルフの国の特産品だ。無色透明《むしょくとうめい》で粘度《ねんど》があり、ひび割れや保湿《ほしつ》など、肌《はだ》のケアに使われているらしい。

つい先日、年末の挨拶に訪《おとず》れた義弟のイヴァンが、お土産《みやげ》として大量に置いていってくれたのである。なんでも多色《たしょく》鉱石の採掘場《さいくつじょう》近くに自生する植物から採れる油、というのがその名前の由来だそうだ。

「宝石《ジェム》なんて名前が付いているから高級品なんじゃないか？」

「いえいえ。昔の人が名付けただけですので。いまは栽培《さいばい》技術も確立してますし、日用品として使われていますよ」

姉さんたち、奥様方のお肌ケアに使ってくださいと続けるイヴァン。乾燥《かんそう》する季節だし、ありがたく使わせてもらうよと受け取ったまでは良かったんだけど。

お土産で受け取ったオイルの多いこと多いこと。領地のみんなにおすそ分けをしても、大樽《おおだる》で丸々一つ分が残っている状態だったのだ。

なにか他のことに使えないかなあと考えていた矢先、ドライフラワーで作れる、とあるインテリア雑貨のことを思い出したのである。

「このオイルを使って、ハーバリウムを作ろうと思うんだ」

ハーバリウムとは、ドライフラワーを詰《つ》めた透明なガラス瓶に、専用のオイルを注いで作るインテリア雑貨だ。瓶詰《びんづ》めされているので手入れの必要もなく、彩《いろど》り豊かな花々を一年中眺めることができる。

日本にいた頃《ころ》、ふと立ち寄った雑貨店で見かける機会があり、残業続きで疲《つか》れ切った心を癒《い》やしてくれたのを思い出したのだ。

花がある生活っていいなあとか、気付いたら『初めての手作りハーバリウムライフ』って本を買おうとしちゃったもんなあ。立ち読みで思《おも》い留《とど》まったけど、一度は作ってみたいと考えていたのだ。

そんな折にこの機会である。空き瓶にオイル、ドライフラワーと一通り材料も揃っているし、試作するにはまたとないチャンスだ。

透明なガラス瓶はダークエルフの国から仕入れることができる。草花は領地内で育てられるので問題はない。

ジェムプラントオイルを使って長期保存ができるなら、インテリア雑貨として交易品に加えられるだろう。

透明なガラス瓶は高価だけど、それを差し引いても、それなりの価格で売れるはずっ！

オレの話に耳を傾《かたむ》けていたヴァイオレットとフローラは、興味津々《きょうみしんしん》といった様子で何度も頷き、そして胸を張って応じてみせる。

「話はよくわかった。そういうことであれば、このヴァイオレット、微力《びりょく》なれどハーバリウム作りに協力させてもらおう」

「不慣れですが私もお手伝いします！」

ありがとうと礼を述べ、木材で構築《ビルド》したピンセットと透明な小瓶《こびん》を取り出すと、ハーバリウム作りは始まった。

好奇心旺盛《こうきしんおうせい》な妖精たちは、初めて見るインテリア雑貨に胸の高鳴りを覚えたのか、作業に加わろうと口を挟《はさ》んでくる。

具体的に言うと、オレの作業をいちいち止めては、やかましく文句……じゃなかった、アドバイスをしてくるのだ。

「ダメよ、タスク。その花の色に、この花の色が合うわけないじゃない。もっと色彩《しきさい》を考えなさいな！」

「ご主人、もっとふんわり盛り付けないと、草花本来の魅力《みりょく》が活《い》かされないッスよ？」

「……タスク……センス……ない……」

が～っ！　うっさいっ！　そんなに言うならお前らがやらんかい！

ブチ切れそうになる心を大人の余裕で堪えつつ。ああでもないこうでもないと助言をする妖精たちの指示に従いながら、初めてのハーバリウムがやっとこさ完成。

……で、肝心《かんじん》の出来栄《ば》えなんですがね？

「酷いわ」

「酷いッスね」

「…センス……ない……」

「みゅ」

「待てや、コラ」

お前らの言うことを忠実に守って作ったっていうのに、その言い草はなんだ一体っ⁉

まあ、確かにね？　それぞれの意見を取り入れた結果、統一感のない、けばけばしく、心がざわつくような一品が出来上がったわけですよ。

……はあ。癒やしを提供するインテリアを作っているはずだったんだけどなあ？

気を取り直しつつ、視線を横に転じた先では、ヴァイオレットとフローラが初めてのハーバリウム製作を終えたところだった。

これがもう、見事としかいいようのない出来映《ば》えなのだ。可憐《かれん》さと優美さを兼ね備《そな》えた完成品に、オレたちは揃って声を上げた。

「これはスゴイな！　ひと目で惹《ひ》きつけられるっていうか」

「ええ！　タスクのブサイクなものとは大違《おおちが》いね」

「やかましい。いや、でも本当に見事だよ。こういうのを作るのが得意なのか？」

ひとしきり称賛《しょうさん》を浴びたヴァイオレットは、恐縮《きょうしゅく》と照れを半分半分にしたような表情を浮かべている。

「い、いや……。得意、というわけではないのだが……」

「ヴァイオレット様はリース作りも得意でして。帝国でも頻繁に作られていたのですよ」

謙遜《けんそん》する女騎士の横でフローラが暴露《ばくろ》する。

「ふ、フローラっ！　余計なことを言うなっ！」

「なるほどなあ。普段《ふだん》からそういうのを作っているだけあって、美的センスが備わっているんだな」

「せ、センスなどないっ……！」

「いやいや。もはや芸術品に近いぞ、これは。売るのがもったいないぐらいだ。さすがは花の騎士だな」

謙遜する間もなく褒め称《たた》えられるヴァイオレットは、瞬時《しゅんじ》に顔を真っ赤にさせ、ブロンドのロングヘアからは蒸気が立ち上っていくようにも思える。

やはりというか、なんというか自分が褒められることに慣れていないらしい。しばらくうつむいていたかと思えば、ようやく顔を上げ、そして誤魔化《ごまか》すようにこう叫《さけ》ぶのだった。

「くっ！　殺せぇ！　こんな辱《はずかし》めを受けるぐらいなら、いっそのこと殺してくれぇ！」

「落ち着けっ！　誰も辱めてないから、落ち着けって！」

いまにも泣き出しそうなヴァイオレットをみんなでなだめ、最終的にしらたまとあんこを抱きしめさせることで、女騎士はようやく我を取り戻すのだった。

……オレの領地の住民は、揃いも揃って、どうしてこうもクセが強すぎるのだろうか？

ともあれ、その後はヴァイオレットも心穏《おだ》やかに、集中して製作に取り掛かってくれたので一安心。

で、その結果、八個の鮮《あざ》やかなハーバリウムと、一個のけばけばしいハーバリウムが完成。そのうちいくつかは、翌日やってきたアルフレッドに交易品の見本として手渡《てわた》すことにした。

（あ。そういえば、ゲオルクはガーデニングが趣味《しゅみ》だって言ってたな……）

ゲオルクからは美味《おい》しい紅茶をもらうことが多い。そのお礼ではないけど、ハーバリウムをお土産として手渡してもらえないかと、アルフレッドに頼んでおく。

日頃《ひごろ》お世話になっていることに比べればささやかな代物《しろもの》だ。気持ち程度だけど、喜んでもらえればいいなあとか、あまり深く考えずプレゼントを決めたんだけど。

お土産として渡したハーバリウムが、お約束のように、とある騒動《そうどう》を巻き起こすのだった。


試作の日からしばらく、領内の女性《じょせい》たちの間ではハーバリウム作りが流行した。

一種の娯楽《ごらく》として、冬の夜を過ごすのにピッタリだったらしい。以前、購入《こうにゅう》したリバーシと、いまや人気を二分する勢いだ。

中でもベルとエリーゼの作るハーバリウムは特に美しく、やはり芸術的な感性が優《すぐ》れている人物はこういったことが得意なんだろうなと感心する。

逆に苦戦していたのはアイラとリアで、前者に至っては途中《とちゅう》で飽《あ》きてしまったのか、作業を放《ほう》り出してしまった。

本人いわく、

「食べられる代物ではないというのに、どうしてこんな苦労をせねばならぬのじゃ？」

だそうで、頭上の猫耳《ねこみみ》を伏《ふ》せたまま、ご機嫌斜《きげんなな》めに焼き菓子《がし》を頬張《ほおば》っている。花より団子かい。まあ、アイラなら仕方ないか。

個人的に意外だったのは、リアがこの手の作業を苦手にしていたということで、手先が器用な割には微妙《びみょう》な出来映えのハーバリウムを前に、龍人族の国の王女はガックリと肩を落とした。

「上手く作れる自信があったんですけど……？」

アンバランスな色彩のそれを眺めつつ、オレはリアを慰《なぐさ》める。安心しろ、オレが作ったやつに比べたら数十倍はマシだぞ？

なにはともあれ。

自分で作ったハーバリウムで気に入ったものがあれば、各自そのまま持ち帰ってもいいと伝えたこともあってか、花畑や薬草畑の世話をする人数も増えた気がする。

そのおかげもあってか、ヴァイオレットやフローラがみんなと一緒にドライフラワー作りをしている光景をよく見るようになった。

談笑《だんしょう》しながら仲良く作業をしている姿から察するに、思っていたより早くみんなと打ち解けられたのかもしれない。ハーバリウムがその助けになったのならなによりだ。

そしてある程度ハーバリウム作りにも慣れてきたのだろうか。日が経つと、女性たちから「インテリアとして飾《かざ》るだけではなく、他の用途《ようと》にも使えないだろうか？」という相談を受けるようになった。

それならばと、応用編としてハーバリウムランプの作り方も教えることに。

原理はアルコールランプと同じで、綿ロープを瓶の中へ差し込み、蓋《ふた》の部分に口金を取り付ければ完成だ。

着火すると、オレンジ色の光に照らされて、オイルに浸《ひた》されたドライフラワーの印象がガラッと変わる。これも女性たちに大いにウケた。

すっかりと気を良くしたオレは、ハーブ類や香辛料《こうしんりょう》をオリーブオイルに漬《つ》け込んだ、『食べるハーバリウム』も作ることに。

異世界でも食料の保存を目的としたオイル漬《づ》けは珍《めずら》しくない。ただし、調味料だけをオイルに漬けたものは見る機会がなかったのだ。鑑賞《かんしょう》するだけでなく、実際に調味料として使えるのなら実用性もある。ハーブソルトも売れていることだし、試す価値はあるだろう。

というわけで、リアやエリーゼにアドバイスをもらいながら、相性《あいしょう》のいいハーブ類や香辛料を組み合わせて、見た目に鮮やかなオリーブオイル漬けが完成。

香りがちゃんとつくまで数日間はかかるだろうし、試食はそれからだなあなんて考えていたある日のこと。自宅に来客があった。

ゲオルクが訪ねてきたのである。誰も連れずに、ひとりだけで。

第3章　講習会の依頼

　ハーブティーをお土産に持ってきたゲオルクは、突然《とつぜん》の訪問を詫《わ》びつつ、リビングの椅《い》子《す》に腰掛《こしか》けた。

「お義父さんがいないので、少し驚きましたよ」

「あいつは執務《しつむ》が山積みの状況《じょうきょう》でね。年末年始に溜《た》まったツケを払《はら》っているところなのさ」

「ツケ、ですか？」

「ほら、結婚式だったりと年末は慌ただしかったろう？　その上、ちょっと荒《あ》れていたこともあって、執務を放りっぱなしでね。奴《やつ》め、王としての自覚が足りないのだ」

　賢龍王とも呼ばれるほどの名君が荒れる？　一体、何があったんだ？

「帝国が引き起こした戦争。それが原因さ」

　ゲオルクはそう切り出すと事の次第を教えてくれた。

　ハイエルフの国が仲介《ちゅうかい》し、帝国と連合王国とに講和が成立して、しばらく経ってからのこと。戦争の顛末《てんまつ》が書かれた報告書に目を通したジークフリートは、烈火《れっか》の如く怒《いか》り狂《くる》った。

帝国が偽《いつわ》りの異邦人を仕立て上げたという一文が、賢龍王の逆鱗《げきりん》に触《ふ》れたそうだ。

「ワシの友と息子《むすこ》の名に泥《どろ》を塗《ぬ》ろうとする低能どもが……！　その命をもって罪を償《つぐな》わせてくれるわ！」

一時は、本気で出兵を考えていたようで、ゲオルクをはじめ、重臣たちが必死に思い留まるよう説得したらしい。それも力尽《ちからず》くで。

「あのバカ、相変わらず加減というものを知らんようでな。私も久しぶりに骨が折れたよ」

「……えっと、それは拳《こぶし》と拳を交えて闘《たたか》ったという認識《にんしき》でよろしいのでしょうか？」

「単なるケンカさ、まったく……。お互《たが》い、いい年なのにみっともない話だよ」

かつて大陸に平和と繁栄《はんえい》を取り戻した勇者たちが本気でやりあったのか……。想像するだけで恐《おそ》ろしいけど、少しだけ見てみたい気もするな。

「ある程度発散したら冷静になったようでね。溜まっていた執務を渋々《しぶしぶ》こなしているところなのさ」

「大変ですね……」

「なぁに、自業自得《じごうじとく》というやつだよ。宮中も静かだし、他の者たちの仕事も捗《はかど》る。いいこと尽《ず》くめさ」

ゲオルクは微《かす》かに笑いながら、ティーカップに口をつけた。

「それで本題なのだが……」

空中にカバンを出現させ、中から見覚えのあるガラス瓶《びん》を取り出すと、ゲオルクはテーブルの上にそれを置いた。

「先日いただいた、これなのだがね」

「ああ、ハーバリウムですね。試しに作ってみたので、よかったらと思ったんですが……。お気《き》に召《め》しませんでしたか？」

「いやいや、違《ちが》うんだ。その逆なのさ。妻たちがいたく気に入ってね」

「それは良かった」

「うん。揃《そろ》ってガーデニングが趣味だからなのか、俄然《がぜん》、興味が湧《わ》いたらしい。自分たちも作りたいと言い出して聞かないのだよ」

「そうでしたか。作り方も簡単ですし、初めてでも上手く作れると思いますよ」

「それなんだがね……」

苦悶の表情を浮《う》かべ、ゲオルクは口を開いた。

「こんなことを言うのは恥《は》ずかしいのだが、妻たちは皆《みな》、不器用なのだよ。ガーデニングが趣味といっても、もっぱら鑑賞中心でね。ガーデンテラスの世話と手入れは、私や使用人たちがやっているのさ」

「はあ……」

「いくら君が簡単といったところで、ハーバリウム作りに苦戦する姿が目に見えているわけだ」

　ゲオルクは大きなため息をひとつつくと、予想だにしない言葉を続けるのだった。

「そこで頼みがあるのだが……。私の家で妻たちに、ハーバリウム作りの講習会を開いてもらえないだろうか？」

「講習会、ですか」

「うん。急な頼みで申し訳ない。その分、謝礼はするつもりだ」

「それはかまいませんが……」

　普段からお世話になっていることもあり、お礼とかはいいんだけれど。無茶振《むちゃぶ》りに近い依頼なのが悩《なや》ましい。

　ゲオルクの奥《おく》さんって、十八人いたはずだよな？　教えるにしては人数が多すぎるっ！

　それに、だ。要職に就いていないとはいえ、王様と近い関係の立場だからなあ。なにか失礼があっても困るし……。

とりあえず、王様たちと身近な立場の人物にも話を聞いてみるか。

そう考えたオレは、リアとクラーラに相談を持ちかけることにした。王女とその幼なじみである。最適な意見を出してくれるに違いない。


――で、その結果。


「……そういうわけだから、よろしく頼むよ」

テーブル越《ご》しに腰掛けるヴァイオレットとフローラは、オレの話に耳を傾けながら身を硬くしている。

リアやクラーラと相談した結果、礼儀《れいぎ》作法がしっかりしていて、ハーバリウム作りにも精通しているヴァイオレットとフローラに講習会を任せようという結論に至ったのだ。

「事情は呑《の》み込《こ》めたのだが……」

納得《なっとく》いかないといった面持ちで、女騎士は重い口を開いた。

「講師であれば、私たちより適任がいるのではないか？　タスク殿の奥方《おくがた》たちとか……」

「お偉《えら》いさんを相手に、アイラやベルがまともに対応できると思うか？　エリーゼは気を遣《つか》いすぎて倒《たお》れそうだし」

「リア殿がいるではないか」

「結婚《けっこん》しているとはいえ、王女だからな。相手の方が気を遣うだろ」

「そもそもボク、タスクさんの側を離《はな》れたくないですしっ！」

エヘヘへと笑いながら、オレに抱きついてくるリア。淡《あわ》い桜色の髪が揺《ゆ》れて、中性的な顔立ちは極上《ごくじょう》の笑《え》みを浮かべている。文句なし、満点を差し上げたいほどなんだけど……。


君の幼なじみであるサキュバス族のクラーラさんがね、お前（自主規制）してやるぞって眼差《まなざ》しをこちらに向けているから、時と場所を考えてくれると嬉《うれ》しいなあ。

そんなノロケと殺意が入り交じる空間においても、ヴァイオレットは堂々としている。さすがは元・帝国騎士《ていこくきし》。そういうところが頼もしいんだよ。

「クラーラ殿はどうなのだ？　私たちより馴染《なじ》みがあると思うのだが」

「私もパス。家族とはいえ、折り合いの悪い相手が少なからずいるもの。ね？　お父様？」

娘《むすめ》から満面の笑みを向けられたゲオルクは苦渋《くじゅう》の面持《おもも》ちを浮かべている。どこの家庭にも問題はあるもんだよな。まして、クラーラはサキュバスだし、いろいろ難しいんだろう。

「そんな事情でふたりに白羽の矢が立ったってワケ」

「ご命令とあらば謹《つつし》んでお受けするが……。果たして大丈夫だろうか？」

心配そうに顔を見合わせるヴァイオレットとフローラ。

「ありがたいことに領民として受け入れられたとはいえ、私達《たち》は元帝国人だ。先方が嫌《いや》がるのでは？」

「ここの領民であることがわかれば、妻たちは余計な詮索《せんさく》をしないよ。そもそも、この土地自体、特殊《とくしゅ》だからね」

割って入ったゲオルクは「それも領主を筆頭に」と続けてから、いたずらっぽくこちらを見やった。はいはい、どうせ特殊な人間ですよ、オレは。

「収穫物《しゅうかくぶつ》や特産品も未知のものばかりだ。見知らぬ人間が二人やってきたところで、いまさら不思議に思うこともないだろう」

「それならよいのですが……」

不明瞭《ふめいりょう》な返事をした後、ヴァイオレットは口ごもる。

「なんだ？　まだ心配なことがあるのか？　問題があるなら相談に乗るけど」

「い、いや、そういうわけではないのだ。しかし、その……」

「……？」

「わ、私達と一緒に連れていきたい者が……」

「ん？　ああ。ヴァイオレットたちの手助けになるならいいけど」

「ほ、本当かっ⁉」

勢いよく立ち上がったヴァイオレットは、身を乗り出すと、瞳《ひとみ》をキラキラさせてまっすぐにこちらを見やった。知らない間に、仲のいい友人ができていたのだろうか。

ともあれ教える人数も多いから、アシスタントは必須《ひっす》だろう。協力者がいるなら一緒に送り出してあげたい。

「なっ、ならばっ！　しらたまたんとあんこたたんをお願いしたいっ！」

……はい？

しらたまとあんこって、もしかしなくても、ウチで飼ってるミュコランのことだよな？

「そうだ！　フワフワモフモフと柔《やわ》らかい、愛《いと》おしいあのコ達のことだ！」

オレたちのポカンとした表情に気付くことなく、ヴァイオレットは身をくねらせながら、興奮気味に熱弁を続けた。

「あのような可愛《かわい》らしい生き物がこの世に存在するだなんて……！　ここの領地に来て本当に良かったと心から思っているのだ！　みゅーみゅーと可愛らしい声で身を擦《す》り寄せながら甘えてくるあの姿といったら、もうっ……！」

はあはあと荒《あら》い息遣《いきづか》いと共に、恍惚《こうこつ》の表情を見せる女騎士《きし》。こちらとしては困惑《こんわく》する以外にないわけで。それでもお構いなしに、ヴァイオレットはまくし立てる。

「どんなに過酷《かこく》な労働を課されたとしても、一日の終わりにしらたまたんとあんこたんを抱《だ》きしめれば復活できるのだ、私はっ！　あぁ……、話している間にも愛おしくなってたまらない……！　もはやあのコ達抜《たちぬ》きの日々など考えられないっ……！」

「……あ～。ヴァイオレットさん？」

「フフ……、そんなに焦《あせ》らずとも交互《こうご》に撫《な》でてやるといっているのに、しらたまたんにあんこたんと来たら、撫でて撫でてと先を争うように身を委《ゆだ》ねてきてな、フフフ……」

「ヴァイオレットさん」

「もはや我々は一心同体と言ってもいい！　私がいるところにあのコ達がいて、あのコ達がいるところに私が」

「ヴァイオレットってば」

「そういうわけで、しらたまたんとあんこたんを一緒に連れて行っても良いなっ⁉」

どういうわけだよ、いやマジで……？　呼吸を乱れさせながらも、ヴァイオレットは期待する視線を外そうとしないしさ。

オレはにっこり微笑《ほほえ》んでから、女騎士の子どものような表情と、申し訳なさそうなフローラの顔を交互に見やり、こう応じるのだった。

「フローラと二人だけで行ってきてくれ」

……時は流れて、それから一ヶ月後。

早くも二回目となったハーバリウム講習会のため、ヴァイオレットとフローラは龍人国《りゅうじんこく》へ向かう準備を整えている。

ドラゴンの姿になったアルフレッドに移送してもらうことになっているんだけど、出発直前まで名残惜《なごりお》しそうに、しらたまとあんこを抱きしめていたのは言うまでもない。

一ヶ月前は出発直前まで、しらたまとあんこを抱きしめて離さなかったからな。う〜む、愛が重いというか、それだけ可愛がってもらっているというべきか。

龍人族の国に向かう面々の一方、ダークエルフの国に向かう面々も準備を進めている。

ソフィアとグレイス、それに数人の魔道士《まどうし》が、イヴァンの同行のもと、領地の名物となりつつある、チョコレート製造の技術講習に向かうのだ。

こちらの滞在《たいざい》予定は十日間で、帰ってくる際にハーバリウムの材料となるオイルやガラス瓶などを仕入れてくるよう頼《たの》んでおいた。

馴染みのある場所へ出かけるとはいえ、家を空けるのには違いない。トラブルもなく無事に帰ってくるよう願いつつ、二組の出発を見送った、その直後のこと。

入れ違うようにして西の空に現れたのは、見覚えのあるドラゴンの姿だった。

久しぶりに、ジークフリートがやってきたのだ。

第4章 突然のプロポーズ

「しばらく見ないうちに、こやつらも大きくなったな」

来賓邸《らいひんてい》の応接室へ足を運んだジークフリートは、一緒《いっしょ》に付いてきたしらたまとあんこを細い目で眺《なが》めつつ、魔法石《まほうせき》を組《く》み込んで構築《ビルド》した『こたつ』に足を伸《の》ばした。

「去年の暮れだったたか。最後に見た時はまだ小さかったのだが」

龍人族の王が優《やさ》しく撫でると、二匹《ひき》のミュコランは嬉しそうに鳴き声を上げる。警戒心《けいかいしん》が強く、人見知りの激しい生き物だと聞いていたけれど、しらたまとあんこにその傾向《けいこう》は見られない。

見た目はひよこのそれと変わらないまま、ちょっとした小型犬と同じぐらいにまで成長した白色と黒色のミュコランは、相変わらず領地のアイドルとして皆から愛されている。

「なんだな。ミュコランを可愛がるのも悪くはないが、本音を言えば、ワシとしては実の孫を可愛がりたいものだ」

「……う」

「まあムリにとは言わん、おぬしたちの都合もあるだろう。爺《じじい》の戯言《たわごと》と聞き流してくれ」

ガハハハハと豪快《ごうかい》に笑い、ジークフリートはこたつの上のお茶に手を伸ばした。

なんだかんだと気を遣わせてしまって申し訳ないけれど、個人的にはカワイイ奥さんたちとのイチャイチャをもう少し楽しみたい心境でもあるし、難しいところだなあ。

「それはそうと、話は変わるがな」

オレの表情で色々察したのか、ジークフリートは強引《ごういん》に話題を転じる。

「ゲオルクが喜んでおったぞ。ほら、なんだったか。あの、瓶に詰められた花の……」

「あー、ハーバリウムですか？」

「それだ。あやつの嫁《よめ》らに講習会を開いてやっているだろう」

「ついさっき、二回目の講習に出かけていきましたよ」

「そうかそうか。あやつの嫁たちもいい趣味ができたと、楽しみにしているらしい」

ゲオルクから頼まれたハーバリウムの講習会は二週間に一度のペースで開催《かいさい》されることになった。

実のところ、ゲオルクからは一週間に一度のペースでとお願いされたんだけど、ヴァイオレットがそれを嫌がったのである。

で、肝心の理由なんだけど……。

「くっ……！　後生だ、タスク殿《どの》っ！　これ以上、しらたまたんやあんこたんと交流する時間を奪《うば》わないでくれっ！　奪うぐらいならいっそ殺してくれっ!!」

はい、原文ママです。移動を含《ふく》め、向こうに滞在するのが四日間。こちらにいるのが三日間。たった三日しかミュコランと触れあえないなど、酷《こく》にも程《ほど》があると泣きそうな顔で言われてしまうと、こちらとしても了承《りょうしょう》せざるを得ないわけで……。

結果として、二週間に一度、講習会を開くという形で決着したのだった。

一回目の講習会から戻《もど》ってきた時なんか酷かったもんなあ。ヴァイオレットなんか、挨《あい》拶《さつ》そっちのけでしらたまとあんこの元へ直行ですよ？

で、何をしていたかと思えば、二匹の身体に顔を埋《うず》めては、思いっきりスーハースーハーと深呼吸ですわ。満足いくまでそれを堪能《たんのう》したかと思ったら、恍惚とした表情になっているし。騎士の威厳《いげん》とか皆無《かいむ》だもん。明らかに見境がなくなってきてるな。

ともあれ、講習会自体は大成功だったらしい。たくさんのお土産を持たされたフローラは、そばかすの残るあどけない顔に疲れを滲《にじ》ませながらも、充実《じゅうじつ》感に浸っているようだった。

「皆さん、いい人たちばかりで……。平民の私にも丁寧《ていねい》に接してくださって」

「よかったじゃないか」

「はい！　役立たずの私ですが、これからも頑張《がんば》ります！」

照れくさそうに微笑むフローラ。役立たずなんてとんでもない。ヴァイオレットの話によれば、家事は万能《ばんのう》、ワイバーンの騎乗《きじょう》技術だって一級品らしいじゃないか。

どうにも自己評価の低い彼女《かのじょ》だけど、この講習会を通して自信を持ってくれたらいいなと願うばかりだ。


「それでだな」

ジークフリートの声がオレを回想から引き戻した。

「そのハーバリウム、だったか。それの講習会をえらく気に入ったようでな。ゲオルクの嫁たちが、ワシの妻たちにも声を掛《か》け始めたのだ。よかったら一緒に参加しないか、と」

「……はい？」

「それだけに飽き足らず、宮中の婦人連中にも話が広まってな。今頃《いまごろ》、ゲオルクの家には女どもが大挙して押《お》しかけているだろう」

「聞いてないですけど……」

……マジッすか？　ええ……？　そんな大事になるんだったら、こっちも考え直さないといけない。いくらなんでも、二人だけで王族や貴族を相手にするとか荷が重すぎる。

「なに、心配はいらん。真面目《まじめ》にハーバリウムをやりたいのは一部だけだろう」

「でも……」

「大半の女どもは暇《ひま》を持て余しているだけだからな。何かと理由を付けて集まりたいだけなのだ。おそらく半数以上はティータイムやカードに興じておるだろう」

そう断言されてしまうと、それはそれで面白《おもしろ》くない。こっちはちゃんと教えるために手配してるっていうのにさ。

龍人族の王はそれを察しているらしく、小さくため息をついてから呟《つぶや》いた。

「もしかすると、おぬしの手配した講師たちが不快な思いをしたまま帰ってくるかもしれん。無礼を前もって謝《あやま》っておこうと思ってな」

「そんな、わざわざ……」

「いやいや。言い出したのはこちら側だ。親しい中でも礼儀は尽《つ》くさねばならん。申し訳ないが、その者たちにはよろしく配慮《はいりょ》してやってほしい」

「やめてください、お義父《とう》さん。オレも領主ですからね、その手のケアはしっかりやります」

「そうか？　うむ、それならよいが。……しかしなんだな」

やや重苦しくなった空気を換気《かんき》するべく、ジークフリートはニヤリと笑う。

「おぬしにお義父さんと呼ばれるのも、なかなかに新鮮《しんせん》で嬉しいものだ」

「……う」

「なんだかんだ、呼ぶことに抵抗《ていこう》があったのではないか？」

「からかわないでくださいよ……。オレだって少し照れくさいんですから」

「ガッハッハッハ！　いやいや、息子よ！　照れるでない！　今後も遠慮《えんりょ》なくお義父さんと呼ぶがいい！　いっそのことパパでも構わんがな！」

「それだけはホント勘弁《かんべん》してください」

遠慮するなと言いながら、義理の父親はバシバシとオレの背中を叩《たた》いている。加減してくれているだろうけど、めっちゃ痛いっす、お義父さん……。

ひとしきり笑い終えたジークフリートは、それじゃあそろそろ指すかと言いながら将棋《しょうぎ》盤《ばん》を取り出した。結局、いつものように最後はこうなるのか。

盤上《ばんじょう》に駒《こま》を並べている最中、「おお、そうだった」と思い出したようにジークフリートは口を開く。

「どうしたんですか？」

「言い忘れていたことがあった」

そう前置きした龍人族の王は、日常会話の延長線上のようなノリで、何気なくこう言うのだった。

「タスクよ。新たな交易先として、ハイエルフの国と取引をするのだ」

ジークフリートからの来訪から数日が経《た》ったものの、オレは頭を悩ませていた。

新たな交易先を増やすということに対し、最終的な決断を下せずにいたのである。

領地を豊かにするためには、取引先を多く持ったほうがいいのは理解している。……が、実際の交渉《こうしょう》にあたっては慎重《しんちょう》に動きたい。

現状、領地で製造・収穫《しゅうかく》できる品々、備蓄《びちく》とのバランス。それらを総合的に考える必要があるだろう。

それに、正直な気持ちを打ち明けてしまえば、ハイエルフの国にあまりいいイメージがないというのも大きい。どうしてもエリーゼと初めて出会った時のことを思い出してしまうのだ。

大食漢だからという理由だけでのけ者扱《あつか》いするような場所なんだぞ？　食糧《しょくりょう》事情が厳しいっていう理由もあったんだろうけどさ。それでもなあって気持ちが拭《ぬぐ》いきれないのだ。

最終的には王様の勅命《ちょくめい》に従うしかないんだけど。

最大の問題は誰《だれ》を交渉役《こうしょうやく》にするかなんだよなあ。アルフレッドは確定として、もうひとり補佐《ほさ》を付けたい。ダークエルフの国の時には同郷のベルを同行させたけど、今回も同じようにエリーゼを同行させるのはさすがに気が引ける。

アイラやリアに任せるわけにもいかないし、オレ自身が出向くとなったら反対されるだろうし、はてさてどうしたものか？

そうやって結論を先延ばしにすること数日間。こういう時に限って名案が閃《ひらめ》くよりも先に、面倒《めんどう》な問題が降りかかってくるもので……。

二回目の講習会を終えたヴァイオレットとフローラが、アルフレッドに連れられて帰ってきたのだ。

そこまではよかったんだけど。

その中に、赤い長髪《ちょうはつ》をした見慣れないイケメンが交じっているわけだよ。

「……この人、誰？」と尋《たず》ねるより早く、イケメンは前髪《まえがみ》を手で払うと、白い歯を見せつけるように自己紹介《しょうかい》をするのだった。

「はじめまして！　僕《ぼく》はファビアン！　以後よろしく頼むよ！」

「ああ、はじめまして。オレは……」

「知っているさ！　君はここの領主のタスク君だね⁉　噂《うわさ》はかねがね聞いているよ！」

「はあ……。それはどうも」

フフフと微笑みながら握手《あくしゅ》を求めるイケメンは、所作のひとつひとつが優美で、キラキラという効果音がついてまわるかのようにも思える。

なんだろうな、良く言えば『ベルサイユのばら』に出てきそうというか……。悪く言えばナルシストっぽい感じというか。友達になりたくないタイプなのは間違《まちが》いないいんだけど……。

「その……、ファビアンさんは、どうしてこちらに？」

「それが、だな……」

困惑の表情を浮かべているヴァイオレットが口を開こうとした矢先、それを遮《さえぎ》るようにしてファビアンは声を上げた。

「否《ナイン》！　大事なことだから僕から言わせてもらうよ！」

「はあ……」

「タスク君！　僕とこちらのお嬢《フロイライン》さんとの結婚を認めてもらえないだろうか⁉」

キラリと白い歯を覗《のぞ》かせて、ファビアンは高らかに、そして仰々《ぎょうぎょう》しく宣言してみせる。

しっかし、なんだな、〝フロイライン〟って言葉をリアルに聞くのは初めてだな。小説で読むのがやっとだけど……って、そんなことを考えている場合じゃない！

「結婚？　結婚って……あの結婚だよな？」

「何を言っているのかよくわからないが、それ以外に何があるんだい？」

「そ、そうだよな……。え？　相手はヴァイオレットなのか？」

その問いかけに、女騎士は焦り半分といった感じで声を荒らげた。

「そんなわけないだろう⁉」

「じゃあ誰だよ？」

「それは……」

並び立つ、そばかすの残る少女の顔へ視線が集中する。

……え？　フローラ？　フローラと結婚したいの？

「その通りさ、タスク君！　君にはこちらの可憐《かれん》なフロイラインとの結婚を認めてもらいたいのだよ！」

結婚する気まんまんというファビアン。フローラはといえば困惑しきった様相である。

そりゃそうだよな、そうなるよ。

とにもかくにも譲《ゆず》る気はまったくなしというイケメンに、オレは口をあんぐりと開けることしかできなかった。

……というかね、そもそもの話。

フローラと結婚するのにどうしてオレの許可が必要になるんだ？

「それはですね……」

騒動《そうどう》を眺めていたアルフレッドはようやく口を開くと、紺色《こんいろ》の髪《かみ》をボリボリとかきながら事情を説明してくれた。

事の発端《ほったん》はヴァイオレットとフローラを亡命者として受け入れる際にまで遡《さかのぼ》る。

帝国《ていこく》軍の指揮官クラスとその従者という立場上、普通《ふつう》の領民という扱いは良くないだろうというアルフレッドの配慮もあって、領主直属の配下として手続きをとってくれていたらしい。

ヴァイオレットなんか元を辿《たど》れば、貴族の家柄《いえがら》みたいだし、それは一向にかまわないんだけど。そうなったらそうなったで、今度はこちら側の負担が大きくなるそうで……。

たとえば爵位《しゃくい》を持った人物――つまりはオレのことだけど――の配下となった場合、成人の儀式《ぎしき》や結婚といった社会的儀式を執《と》り行うのに、オレの裁可が必要になる、と。うっわ、超《ちょう》めんどくさいな、それ！

「タスクさんだって、結婚の際には陛下から許可をもらっていたじゃないですか。あれと同じですよ」

アルフレッドはそう言って肩《かた》をすくめる。……そんな記《き》憶《おく》は一向にないんだけど？

強《し》いて言うなら、来賓邸で将棋《しょうぎ》を指しながら、お前もそろそろ身を固めたらうんたらかんたらみたいな話をジークフリートとしてたような……って、まさか。

「うぇっ⁉　もしかしてあれって王様から許可をもらっていたってことだったのか⁉　親《しん》戚《せき》のオジサンが結婚勧《けっこんすす》めてくるみたいなやつだって思ってたんだけど……」

「……陛下が聞いたら泣きますよ、それ」

「あの……。話を戻してもいいだろうか？」

ヴァイオレットはごほんとわざとらしく咳《せき》をして、オレたちの視線と意識を引きつけた。

「とにかく、だ。一旦《いったん》タスク殿と話し合われたらどうかということになり、ファビアン殿にご同行いただいたのだが……」

って、言われてもなあ。結婚なんて当人同士で決めちゃえばいいんじゃないって感じだし、肝心《かんじん》なのは本人たちの気持ち次第《しだい》だと思うんだけど。

ま、立ち話もなんだし、場所を変えてゆっくり話し合おうと来賓邸に足を運びかけた、まさにその時。薬草畑からリアとクラーラがこちらに向かってくるのが見えた。

「あら、ヴァイオレットとフローラじゃない。いま帰ってきたところなの……」

微笑みを浮かべるクラーラだったが、オレたちを視界に捉《とら》えた瞬間《しゅんかん》、全身をピシッと硬《こう》

直《ちょく》させてその場に立ちすくんでしまう。

「……どどどどど、どうして、ここに……？」

見れば、並び立つリアも戸惑《とまど》いの表情を浮かべている。どうしたんだと不思議に思っていた矢先、耳をつんざくような声が響《ひび》き渡《わた》った。

「おおっ！　愛しの妹ではないかっ！　達者にやっているかっ⁉」

赤色の長髪をしたイケメンはそう声に出しながら、クラーラの元へ駆《か》け寄っていく。

「おおおおおお、お久しぶりです……。ファビアン兄様……」

「堅苦《かたくる》しい挨拶など無用だよクラーラ。なぜなら僕たちはきょうだい！　血の絆《きずな》で固く結ばれた、運命共同体なのだからねっ！」

クラーラの両手を取って、ブンブンと上下させるファビアン。嬉しそうなイケメンとは対照的《たいしょうてき》に、クラーラは引きつった顔だ。

あ～……。なるほど、クラーラのお兄さんだったのか。そりゃあ突然現れたらビックリす……はあぁぁぁっ⁉　クラーラのお兄さんっ⁉　えっ？　兄？　兄がいたのっ⁉

「異母きょうだいなんですよ……。ファビアン兄様とクラーラは」

ふたりから抜《ぬ》け出すようにして、リアが耳打ちする。

「え？　じゃあ、どっちも父親はゲオルクなのか？」

「ええ。ゲオルクおじ様です」

「外見も性格も似てないと思うんだけど……」

「お母様が違いますからね」

いや……、そんな一言で片付けられないぐらいの対極っぷりというかなんというか。お互い極端《きょくたん》すぎやしないかね。

しかし、言われてみれば……。ファビアンにはどことなくゲオルクの面影《おもかげ》があるというか。

「あれ？　もしかしてだけどさ。クラーラが言ってた、折り合いの悪い家族ってファビアンのことなのか？」

その問いかけをリアは優しく否定する。

「とんでもない。ファビアン兄様はクラーラやボクを可愛がってくれた優しい方で」

「そうなのか？」

「ええ！　小さい頃《ころ》からよく遊びへ連れて行ってくれた、頼《たよ》りになるお兄様だったんです。特に、クラーラのことはいつも気にかけてくれていて」

……そういう割に、再会を喜んでいるのはファビアンだけのように思えるんだけど。クラーラのドン引きっぷりったらないもんな。

なにはともあれだ。話がまったく進まないことだけは確かなので、リアとクラーラも来賓邸へ連れて行くことにしよう。詳《くわ》しい話はそれからだな。

事と次第によっては、結婚話《けっこんばなし》より頭の痛くなるような展開になりそうな予感がするけど……。気のせいにしておこう、うん。


流石《さすが》に七人は座《すわ》れないなと、応接室の一角に用意されているこたつに未練がましい視線を向けながら、オレたちは四角いテーブルに腰《こし》を落ち着かせた。

上座に座るオレを中心に、右側の椅子《いす》にはリアとファビアンにクラーラが、左側の椅子にはアルフレッドとフローラにヴァイオレットが、それぞれテーブルを挟《はさ》むようにして座っている。

もっとも、クラーラはこの席順が嫌だったのか、ヴァイオレットの隣《となり》へさり気なく移動しようとしていたところをファビアンに捕《つか》まり、

「何を照れることがあるのだ、愛しの妹よ！　久しぶりにきょうだい仲良く、隣同士《となりどうし》で語り合おうではないかっ！」

なんて具合に押し切られ、渋々《しぶしぶ》といった様子でそれに従っているようだ。

不自然なまでにファビアンとの席を離して座るクラーラはさておき。リアが紅茶を用意

してくれたところで、話し合いは始まった。

「とりあえず、結婚についてだな」

ひゃいっ！　とひときわ高い声で返事をするフローラ。表情から困惑と緊張《きんちょう》がよく伝わってくる。

一方で騒動の発端となったファビアンは、優雅《ゆうが》に足を組み、さらに優美な所作でティーカップを手に持つと、音も立てずに紅茶をすするのだった。

「ふむ……。なかなかにいい茶葉だね。リア、産地はどこだい？」

「ゲオルクおじ様が持ってきてくださったものなので、産地まではちょっと……」

「そうかそうか。父上は茶《ちゃ》道楽だからね。今度聞いてみることにしよう」

……お前、本当に結婚する気があるのかと問い詰《つ》めたくなる態度だが、この際はヨシとしておこう。

「あ～……。ファビアン、聞いてもいいか？」

「何なりと」

「フローラと結婚したいと言っていたけど、フローラのどこを気に入ったんだ？」

ハーバリウムの講習会だって、二回目が終わったばかりだし。知り合ってからそんなに時間も経っていないだろう？

「おや、タスク君。聞けば君だって、リアと知り合って間もなく結婚したと聞いているが」

「ボクたち、愛し合ってますからね！」

ファビアンの一言に、ふんす、と胸を張るリア。

「そう！　つまりそういうことなのだよっ！」

勢いよく立ち上がったファビアンは、さながらミュージカル俳優の如く、旋律《せんりつ》を奏《かな》でるように高らかな声を上げた。

「人を愛すること……。そこに時という概念《がいねん》など存在しないのだっ！」

「はあ」

「運命的な出会いに、時間は害悪ですらある！　音もなく過ぎ去った時と共に、愛の炎《ほのお》も消えてしまうだろう！」

お前の場合、一旦、脳内を冷却《れいきやく》する時間のほうが必要なんじゃなかろうかと声に出そうとしたのだが、ギリギリのところで我慢《がまん》しておく。

「おや、タスク君。僕とフロイラインとの馴《な》れ初《そ》めを聞きたい、そんな顔をしているね？」

「いや、ぜんぜ」

「いいだろうっ！　よく聞くといいっ！　あれは妙《みよう》に風が騒《さわ》がしい冬の一日だった……」

目を瞑《つぶ》ったファビアンは、回想に浸《ひた》り始めたらしい。脳内に焼き付いた記憶に、ゴテゴテの装飾《そうしょく》を施《ほどこ》しながら語り始めている。

なんだろう。短い時間だけど、なんとなくクラーラがファビアンを嫌がる理由がわかったような気がするな。

ちなみに。

長ったらしい回想話の内容としては単純明快で、ハーバリウムの講習会にやってきたフローラにファビアンが一目惚《ひとめぼ》れをしたという、ただ単にそんな話だった。

いちいち稲妻《いなずま》が体中を駆け巡《めぐ》っただの、彼女が歩いた後の廊下《ろうか》にはバラが咲《さ》き誇《ほこ》っているように見えただの、大げさな説明が続いたもんで、せっかくの紅茶もすっかり冷めちゃったじゃないか。

ファビアンの話に耳を傾《かたむ》けていたフローラは、顔を真っ赤にしてうつむいちゃうし。そりゃ、面と向かって延々と褒《ほ》め続けられたらそうなるよな。

回想話が終盤《しゅうばん》に差し掛かってきた頃合《ころあ》いを見計らって、オレはファビアンを手で制した。

「話はよくわかった」

「まだ途中《とちゅう》なのだがね？」

「いや、もう十分だ。つまり、本気なんだろう？」

「当たり前さっ！　僕の愛に嘘偽《うそいつわ》りはないと断言しておこうっ！」

ポーズを付けて宣言するファビアンを横目で見ながら、オレは冷え切った紅茶を喉《のど》に流《なが》し込《こ》んだ。

「フローラはどうなんだ？」

「わ、私ですか？」

「オレ個人としては、結婚なんてものは本人同士が好きにしたらいいと思ってるんだけどさ。肝心のフローラの気持ちを聞いていないなって」

緊張をほぐすため、努めて穏《おだ》やかに尋ねようと心がけたんだけど、フローラは相変わらず赤面したまま、両手をイジイジと弄《もてあそ》んでいる。

「わ、私に結婚なんて、恐《おそ》れ多い話です。それにヴァイオレット様のお世話もしないと」

遠慮がちに口を開くフローラに、女騎士が優しく応じる。

「フローラ。私のことなどどうでもいいのだ。私にとって何よりの幸せは、お前自身が幸せになってくれることで……」

「ですが、実際のところ、私がいなければ、お着替《きが》えもままならないじゃないですか」

「うっ……」

「それに、お声を掛けなければ、お食事も摂《と》らずに、しらたまとあんこと戯《たわむ》れている始末。このままではとても不安で、ヴァイオレット様をおひとりにさせることなどできませんっ」

「うぅ……」

返答に窮《きゅう》したヴァイオレットを眺めやりつつ、オレは深くため息を吐《は》いた。

「ま、この際、ヴァイオレットはウチで面倒を見るから安心してくれ」

「でも……」

「生活不適合者をそのままにしておけないしなあ」

「……面目《めんぼく》ない」

ブロンドの頭を下げながら、申し訳なさそうな声を上げるヴァイオレットを、フローラは複雑な表情で見つめている。

「で？　どうなんだ？　そういったことを踏《ふ》まえた上で、改めてどう思う？」

周囲の視線を一身に受け、フローラは深く息を吐くと、ぽつりぽつりと呟き始めた。

「こんな私に結婚《けっこん》を申し出てくれるのは、非常にありがたい話だと思っています……」

「ではっ！」

「で、でも……、私、ファビアン様のことをよく知らないので……」

か細い声が、さり気なく「ゴメンナサイ」という意思を示している。

となれば、オレとしてはフローラの意思を尊重して、ファビアンにお引き取りいただくだけ……だったんだけど。意外なことに、フローラの話はまだ続いたのだった。

「……な、なので。お、お友達から始めることはできないでしょうか？」

……お友達？

「その、お互《たが》いのことをよく知ってから結論を出したいなって」

「えっと。……それはつまり、今後次第では結婚するのも問題ないと？」

こくりと静かに頷《うなず》くフローラ。よりも早く反応したのはファビアンである。

「いいともっ！　もちろんさ、フローラっ！　逢瀬《おうせ》を積み重ねて、互いのことをより深く理解し合おうではないかっ！」

いや、逢瀬って、お前。

「フローラがそういうなら、オレは見守るつもりだけどさ。ファビアンにひとつだけ注意をしておくぞ？」

この世の春を謳歌《おうか》しているような、浮《う》かれっぱなしのイケメンにオレは苦言を呈《てい》した。

「真剣《しんけん》に結婚したい気持ちも、フローラを好きだという情熱も十分理解できたけど。会いたい一心でムリに押しかけて、彼女のプライベートや仕事の時間を邪魔《じゃま》するようなら、こっちとしても応援《おうえん》できないぞ」

フローラだって落ち着きたい時間は欲《ほ》しいだろうし、ここで暮らしている以上、請《う》け負っている仕事があるのだ。

愛だなんだと力説してもらうのは構わないけど、だからといって、他に支障をきたすような真似《まね》をされても困る。話してみた感じ、独特のノリと勢いで生きてそうな人物みたいだし。

悪影響《あくえいきょう》がでないよう、今から釘《くぎ》をさしたほうがいいと思ってのことだったんだけど。オレの言葉に耳を傾けたファビアンはとんでもないことを言い出した。

「心配には及《およ》ばないよ、タスク君っ！　事前の連絡《れんらく》もなしに、女性の家に突然押《とつぜんお》しかけるような野暮《やぼ》な真似はしないさっ！」

「それならよかっ」

「そんなことをしなくてもいいように、僕がここに引っ越《こ》してくればいいだけの話だからねっ！」

第5章　引っ越しと、交易と

これ以上ないほどの名案かつ解決策を提示したぞと言わんばかりに、ファビアンは赤色の長髪をかきあげてはドヤ顔を決《き》め込んでいる。

こちらとしてはただただ呆気《あっけ》に取られ、それ以外に反応のしようがない。

しんと静まり返った場の中で、ようやく反応したのはアルフレッドだった。

「お待ちください、ファビアン様！　龍人族の国でのお仕事はいかがされるのですか⁉」

「いい質問だ、アルフレッド。この際、拠点《きょてん》を移してしまおうではないかっ」

「はあぁぁぁぁぁ⁉」

「事業を拡大するためにも、新たな販路《はんろ》が必要だと思っていたところだったからね。幸い、ここは他国との国境に面しているし、うってつけの場所だと思わないかい？」

イケメンの言葉に、龍人族の商人は力なく、ヨロヨロと背もたれに寄りかかった。

……え？　もしかして、ファビアンって結構スゴイ人だったりするのか？

「ファビアン様は開明派として知られる、やり手の実業家なのですよ……。その見識と聡《そう》明《めい》さは広く知れ渡っておりまして……」

商人ギルドにも影響《えいきょう》の大きい人物だそうで、偉《えら》い立場の人たちも、ファビアンには頭が上がらないらしい。

……その割には、聡明さの欠片《かけら》も見当たらない性格をしている気がするけどな。人は見かけによらないってことか。

「フフフ、お褒めの言葉どうもありがとう」

「褒めてはないです」

「そう照れなくてもいいさっ！　これからは同じ土地で暮らす仲間になるんだ。フレンドリーにいこうじゃないか、タスク君！」

うわあ……。マジで引っ越してくるつもりか、この人……。

「うん？　タスク君。浮かない顔をしているが、なにか心配事かな？」

アナタが原因なんですがと声に出すよりも前に、ファビアンは一方的に続けてみせた。

「家のことなら心配いらないよ！　父上から聞いたのだが、クラーラの住んでいる家にはまだ空き部屋があるそうじゃないかっ⁉」

「……えっ？　もしかして、兄様……」

「ウンウン。何も言わずともわかっているよ、クラーラ。この兄と一緒に暮らせることに、喜びを隠《かく》しきれないようだね⁉」

「いえそんなこ」

「いやぁ、久しぶりにきょうだい仲良く、ひとつ屋根の下で暮らすことができるとは……。こんなに嬉《うれ》しいことはないよっ！」

感極《かんきわ》まるという表情のファビアンを眺めやりながら、悪いことは言わないから、いまからでも考え直せフローラと思ってしまったのはここだけの秘密だ。

かたや、愛《いと》しの妹として可愛《かわい》がられているはずのクラーラは、感極まるどころか、いまにも泣き出しそうな心をぐっと堪《こら》えているような、張り付いた笑顔《えがお》で兄を見やっている。

「お、お、お、お言葉ですが、兄様っ。住居のご心配は無用ですっ！」

「それは何故《なぜ》だい？」

「そこにいる領主のタスクさんは、不思議な能力の持ち主で、邸宅《ていたく》の一棟《とう》や二棟、あっという間に建てることができるのですっ！」

「ほう。それは実に興味深い」

「ですよねっ、タスクさん⁉　それに、私の住んでいるボロ屋に兄様を住まわすわけにはいきません！　兄様にふさわしい立派な住居を、タスクさんが用意してくれるはずです！」

身振《みぶ》り手振《てぶ》りを交えつつ、クラーラは実の兄とのひとつ屋根の下での暮らしを拒絶《きょぜつ》している。気持ちはわかるけど、ボロ屋って……。お前が拠点にしている薬学研究所だって、一生懸命《いっしょうけんめい》作ったんだぞ、おい？

「タスク君、いまの話は本当なのかい？　邸宅をすぐに建てられるという」

「異邦人《いほうじん》ならではの能力かはわからないんだけどな。まあ、わりかし得意というか……」

この来賓邸《らいひんてい》も、構築《ビルド》と再構築《リビルド》の能力を使って建てたものであると、能力についての説明を一通り終えると、ファビアンは目を輝《かがや》かせ、素晴《すば》らしいと力強く叫《さけ》んだ。

「なるほどなるほどっ！　このように立派な邸宅も用意できるのであれば、僕の住居も期待していいのだろうねっ⁉」

「いや、期待もなにも、ちょっと話が飛躍《ひやく》しすぎというかさ。他にやることがあるから、いますぐ用意するっていうのは難しいぞ？」

そう応じ返すと、ファビアンはやや落ち込んだ様子で、

「そうか……。では仕方ない。やはりクラーラのところで暮らすしか」

……なんて言い出すものだから、今度はクラーラが冗談《じょうだん》じゃないと言わんばかりに声を荒《あら》げるのだった。

「ちょ、ちょ、ちょっとアンタっ！　兄様の家を用意できないってどういうことなのよ⁉」

「言った通りだよ。他にやらなきゃいけないことがあるんだって」

「そんなの後回しにすればいいでしょう⁉」

「そうもいかないんだよ、これが。ジークフリートからの勅命を受けてね」

賢龍王《けんりゅう》の名を口にした途端《とたん》、相手が悪いと察したのか、途端にクラーラは押し黙《だま》った。

ま、王様の名前出されちゃったらしょうがないよな。きょうだい仲良く一緒《いっしょ》に暮らしてもらうか、それとも引っ越しを諦《あきら》めてもらうようファビアンを説得するか、どちらかしかないだろうね。

苦渋《くじゅう》の表情を浮かべ、思考を巡らせているクラーラ。そこに助け舟《ぶね》を出したのは、元・帝国軍の女騎士《きし》であるヴァイオレットだった。

「タスク殿。国王からの勅命とやらはどういったものなのだろうか？」

「うん？」

「お力になれるかはわからないが、知恵《ちえ》を出すことはできる。早急《さっきゅう》に解決できれば、ファビアン殿の邸宅作りにも着手できるのではないか？」

力強く頷きながら、賛同の意を示すクラーラ。実の兄がそんなに嫌《いや》か……。確かに一緒にいたら疲《つか》れるだけだと思うけどさ。

仕方ない。考えあぐねていたのは正直なところだし、相談するのもいいだろう。

というわけで、オレはつい先程《さきほど》まで頭を悩《なや》ませていた、ハイエルフの国との交易についいての話を、数日前のジークフリートとのやりとりを交えながら打ち明けることにした。

——ハイエルフの国と交易を行うように。

義父からの勅命は何の脈絡《みゃくらく》もない上に唐突《とうとつ》すぎて、オレとしては困惑《こんわく》を隠しきれない心境だった。

「どうしてまた急に？」

こちらの問いかけに、ジークフリートはこたつの上の将棋盤を眺《なが》めながら応じる。

「先日、ハイエルフの国から重臣たちがやってきてな。その際、ゲオルクの嫁《よめ》たちが作ったハーバリウムにいたく興味を持ったらしい」

晩餐会《ばんさんかい》でも遙麦《はるかむぎ》を使ったパンをはじめとする、それまで口にしたことのない料理が振《ふ》舞《ま》われたことに、ハイエルフの国の重臣たちはいたく感動したらしい。

「この食物はどこで作られているのか？　ハーバリウムはどこで手に入るのか……。とにかく質問攻《ぜ》めにあってな」

「はあ」

「そこで教えてやったわけだ。黒の樹海を開拓《かいたく》しているワシの息子《むすこ》が、次々と新しいものを生み出している、と」

「なるほど。嫌な予感しかしませんが……」

「よく気付いたな。そんな場所があるなら、ぜひ取引を始めたいと食いつきおってな」

あああああ、やっぱりなあ……。そういうことだと思ったんだよ……。

「なにを嫌がることがあるのだ？　将来的に商業都市を目指すのであれば、交易相手が増えるのは好都合ではないか？」

「それはお義父さんが言っているだけじゃないですか。それに、なんというか、ハイエルフの国にはあまりいい感情がなくてですね……」

視線を上げ、首を傾《かし》げる義父に、オレは説明した。かつて暮らしていた村で、厄介者扱《やっかいものあつか》いされていたエリーゼのことを。

耳を傾けていた賢龍王は腕組《うでぐ》みをし、何度か頷いてから口を開いた。

「ふむ。事情はよくわかった。しかしな、ワシとしてはその村の指導者の気持ちもわからんではない。上に立つ者は、時として非情の選択《せんたく》をせねばならん」

「……お義父さんにもですか？」

「そうさな。ワシなら、同じような境遇《きょうぐう》に陥《おちい》る前に手を打ってしまうがな」

ガハハハハと豪快《ごうかい》に笑い、ジークフリートは続ける。

「すべてがすべて、思い通りにことが運ぶわけではない。究極の状況《じょうきょう》になったとしても、決断しなければならないのが指導者というものだ」

「結果、誰かを不幸にしても？」

「その代償《だいしょう》によって、誰かを幸福にできるかもしれん。タスクよ、肝心なことはな。そのような場面に遭遇《そうぐう》しないため、常に最善を尽《つ》くすということだ」

そのためにも私情を挟まないことが大事だぞ、と、ジークフリートはまっすぐにオレを見た。

「交易を始めれば、領地だけでなく、互いの国が豊かになる。ハイエルフの村々にもその恩恵《おんけい》がいくだろう。交易が活発になれば、食糧事情も改善される。結果として冷遇《れいぐう》される民はいなくなるかもしれん」

「仮定の話ですか」

「未来など誰にもわからん。だがな、このままでは第二、第三のエリーゼが出てきてしまうことだけは確かだ」

「…………」

「そなたの話を聞いている限りでは、エリーゼは半ば追い出されるようにして樹海へ置き去りにされたと考えるのが妥当《だとう》だろうな」

「そう、ですよね」

「むごい話だが追放した側にも言い分はあるだろう、それだけ厳しい状況なのだとな」

「ですが……」

「わかっておる。ワシとてそやつらの言い分を理解しろとは言わん。だがしかし、それはそれ、これはこれだ。差し出された手を握《にぎ》り返してやってもよいと、ワシは思うがな？」

ともあれ最終的な判断はそなたに任せると言い残し、それからその話題を一切《いっさい》口にすることなく、ジークフリートは将棋盤《しょうぎばん》に視線を落としたのだった。


「話はよくわかった！　つまりは優秀《ゆうしゅう》な人材がもうひとり欲しいと、そういうわけだね⁉」

耳を傾けていた赤髪のイケメンが口を開く。

「端的《たんてき》に言えばそういうことだな。百戦錬磨《ひゃくせんれんま》の商人たちが相手になるだろうし」

「なるほどなるほど！　しかしもう思《おも》い悩む必要はないよ、タスク君！　なぜならっ！　たったいまっ！　君の悩みは解決したのだからねっ！」

癖《くせ》なのだろうか、ことあるごとにファビアンは前髪をかき上げている。その様子を訝《いぶか》しげに眺めやり、オレは首をかしげた。

「どういうことだ？」

「この僕がっ！　交渉役としてハイエルフの国へ赴《おもむ》こうっ！　そう言っているのだよっ！」

仰々しいポーズと共にファビアンは声を上げる。……普通に話せないのだろうか？　まあ、この際、それはいいとして。

「交渉役って、ツテはあるのか？」

「もちろんだとも！　ハイエルフの国には僕《ぼく》が親しくしている友人たちがいるからねっ！」

軽くウインクをした後に、ファビアンはその詳細《しょうさい》を語り始めた。

なんでも、彼自身《かれ》、ハイエルフの国へプライベートで足を運ぶ機会が多く、その都度、色々な人たちと交流を重ねてきたそうだ。

その中でも懇意《こんい》にしている数名は、役人や重臣のポストに就《つ》いており、ある程度は融通《ゆうずう》が利《き》くだろうとのことである。

「そこでだ。僕が彼らとコンタクトを取り、この領地との交易をまとめようじゃないか」

「それは助かるけど……。そんなに上手《うま》くいくかなあ？」

「問題ないよ、タスク君。彼らと僕は、同じ志の下に集まった友なのだからねっ！」

つまるところ、類は友を呼ぶみたいなものだろうか？　だとしたら嫌な予感しかしないんだけど。

「ま、君は大船に乗ったつもりで、すべてを僕に任せればいい！」

「……そこまでいうなら。せっかくだし、お願いしようかな」

「うむ！　任せたまえ！　このファビアン、この領地での記念すべき初仕事を華々《はなばな》しく決めようではないか！　僕の雄姿《ゆうし》をその目にしっかりと焼き付けておくれよ、フローラ！」

高らかに笑うファビアンと、戸惑いの返事で応じるフローラ。何度も同じことを思ってしまうのは申し訳ないが、結婚は考え直したほうがいいと思うぞ。

「そうそう、タスク君。そんなわけだから、僕の邸宅を用意してくれたまえよ？」

わかったよと頷くと、ファビアンは準備のために一旦帰ると言って席を立ち、フローラに向けて言語中枢《ちゆうすう》の限りを尽くした愛の言葉を並べ立ててから、ようやく領地を後にした。

どうやら彼も古龍種《こりゆう》の血を引き継《つ》いでいるらしい。ドラゴンになった姿は父親譲りの見事な真紅《しんく》で、西の空へ飛び去っていく姿を眺めやりながら、オレは大きくため息を漏《も》らした。

「……久しぶりにどっと疲れたな」

「そうですか？」

リアはキョトンとした顔を浮かべている。

「ボクはファビアン兄様にお会いできて嬉しかったですけど」

「リアちゃんは特殊《とくしゆ》なのよ……」

白藍色《しらあいいろ》のショートヘアと同化するほどに青白い顔のクラーラは、疲労《ひろう》感を全身に漂《ただよ》わせながら呟《つぶや》いた。

「あの兄様と普通に会話ができるだけでおかしいもの」

「……？　小さい頃から仲良く遊んでもらっていたんじゃないのか？」

「冗談じゃないわよ」

魂《たましい》ごとこぼれ落ちたんじゃないかと錯覚《さっかく》するほどに、ひときわ大きなため息がサキュバスの口から吐き出される。

「私のことをかまい過ぎなのよ、兄様は。どんな時でもあんな調子でベッタリくっついてくるもんだから、私、気が狂《くる》いそうになったもの」

「そんなにか？」

「可愛い妹って言ってくれるのは嬉しいけど、度が過ぎるのよ。ノイローゼになるわ」

そう言うと、クラーラはうつろな目で遠くを眺めやった。確かに、あのノリを四六時中続けられたらたまったもんじゃないな。

「アンタ……。本気で兄様の邸宅を用意するつもり？」

「うん？　まあ、しょうがないよなあ。交換《こうかん》条件みたいなもんだし」

「だったら、これだけは本っ当にお願いしたいんだけど」

「どうした？」

「兄様の邸宅は、私の家からずっっっっっっっっと！　遠くへ離《はな》したところに建ててっ！」

本当の本当に、約束してくれたら何でもするからと付け加え、涙《なみだ》ながらに頼《たの》み込むクラーラの姿はある意味貴重だ。そんなに嫌なのか……。

クラーラの家の隣に建てようかなと考えていたんだけど、ここまで言われたら考え直したほうがいいだろうな。

しかし、引っ越してくるって言ってたけど、あの様子だと生活力が無さそうだし、とてもじゃないけどひとり暮らしとか難しいんじゃないのかなぁ。

フローラがヴァイオレットを心配していたのと同じように、世話をする人物が必要だろう。

……まあ、新たな懸《け》念《ねん》となりそうな問題はさておくとして。

来賓邸を後にしたオレは、エリーゼの元を訪ねることにした。

エリーゼの故郷である、ハイエルフの国について話をしようと思ったのだ。

彼女《かのじょ》にしてみれば、いい思い出のない故郷の話など不快に違《ちが》いないだろうけど。それでも黙って交易を始めるとなっては、より一層不快な思いを抱《いだ》くかもしれない。

そう考え、前もって事情を説明しておこうと思ったんだけど。こちらの予想とは真逆に、エリーゼは満面の笑《え》みで、「い、いいですね！」と即答《そくとう》した。

「それならいいんだけど。なんていうかさ、故郷にあまりいい印象がないもんだと思っていたから、正直、意外というか……」

「そ、それは……。そ、その時のことを考えると、少し悲しくなりますけど……。そ、それ以上に、喜ばしいことですから」

この領地で育てた食料が村々に行き渡れば、不作で飢《う》えに苦しみ、村同士で争うこともなくなる。誰《だれ》かを追い出す必要もない。エリーゼはそう力説して、

「そ、それって、すごく、素敵《すてき》なことですよね！」

と、いつもの穏やかで優《やさ》しい表情をオレに向けるのだった。やれやれ、苦しい思いをしていた本人から諭《さと》されるとは、オレもまだまだだなあ。

いい加減、領主としての責務を担《にな》い、覚悟《かくご》を決めろ。結局のところ、そういう結論に落ち着くのだ。のんびりまったりなスローライフを願っていたんだけど、どうにもそういうわけにはいかないらしい。

はあ……。こうなったら仕方ない。領主として、やれるだけやってみるとしようかね。

第6章　戦闘メイドのカミラ

その翌日、再びファビアンは姿を現した。大量の引っ越し荷物と、ひとりのメイドを引き連れての登場である。

朝食の白パンを片手に出迎《でむか》えたオレを見るなり、開口一番ファビアンは切り出した。

「やあやあ、タスク君。僕の邸宅はできたかな？」

「できるわけないだろ。昨日の今日だぞ？」

「おや？　クラーラの話ではすぐに用意できると」

「土地選びや資材の準備だってあるんだ。そんな急に建てられるかい」

失望の色を滲《にじ》ませるファビアン。それよりも、一歩後ろに佇《たたず》んでいるメイド服の女性が気になるんだけど。

艶やかな黒色のストレートヘアと、切れ長の瞳《ひとみ》をしたメイド服の女性は、スラリと伸《の》びた手足にベルと同じぐらいの高い背丈《せたけ》が印象的だ。

立ち姿は麗《うるわ》しく、知的な雰囲気《ふんいき》をまとっていて、見るだけで優秀な人物なんだろうということがわかる。

「こちらの方は？」

「ああ、紹介《しょうかい》しよう。僕の専属メイドであるカミラだよ。身の回りの世話を任せているんだ」

カミラと紹介された女性は、スカートの裾《すそ》を軽くつまみ、うやうやしく頭を下げた。

「カミラと申します。以後、お見知りおきの程《ほど》よろしくお願いいたします」

「ああ、こちらこそ。オレは……」

「はい、タスク様のことは当主であるゲオルク様から伺《うかが》っております。大変に優秀なお方であると」

「いや、そんなことは……」

お世辞でも美人に褒められると嬉しいもんだな。素直《すなお》にそんなことを考えていると、カミラは更《さら》に言葉を続けてみせる。

「この度《たび》は、この勘違《かんちが》いナルシストがご迷惑《めいわく》をおかけして申し訳ありません」

……はい？

「幼少期より物事をろくに考えもせず、直感的に行動して育ってきた阿呆《あほう》でして……。いまさらその性格を変える手立てもなく」

えーっと……？　淡々《たんたん》とした口調に、明らかな罵詈《ばり》雑言《ぞうごん》が交じってますけれど……？

「アッハッハ！　そんなに褒めないでくれよ、カミラ！　僕が情熱的な行動力の持ち主だなんて照れるじゃないかっ！」

「そのようなこと一語たりとも口にしておりませんが……。言葉を理解できないところを察するに、頭の中の小さい脳みそが腐《くさ》っているのではありませんか？」

「いやあ、これは手厳しい！　まったくカミラにはかなわないよ！」

口にしながら肩《かた》に回そうとしたファビアンの手を、力いっぱいつねるカミラ。めっちゃ赤くなってますよっ⁉　大丈夫《だいじょうぶ》なの、それ⁉

えーっと？　オレの中でのメイド像っていうのが音を立てて崩《くず》れていくんだけど……。本来、メイドってこんなもんなの？　マジで？

「カミラっ！」

思考を巡らせている最中、メイドの名前を叫ぶ声が後方から響《ひび》いた。オレが振り返るよりも早く、クラーラがカミラの元へと駆《か》け寄っていく。

「まあ、クラーラ様っ！」

「カミラっ！　久しぶりね！　元気にしてた⁉」

「ええ、ええ！　もちろんですとも！　クラーラ様もお元気そうで！」

ファビアンの時とは対照的に、輝くような笑顔のカミラは、クラーラと抱擁《ほうよう》を交《か》わして再会を喜び合っている。

「クラーラも知っているのか？」

「もちろんよ。小さい頃《ころ》からカミラにはよく遊んでもらっていたもの！」

「小さい頃から十分に愛らしいお姿でしたが。また一段と美しくなられたのではありませんか、クラーラ様」

「もう、カミラったらそんな事言って！　カミラの方がよっぽど綺麗《きれい》じゃない！」

キャッキャウフフとはしゃぎあう光景は、ファビアンの時とはえらい違いだけど……。

この光景を見たら、さすがの兄様も落ち込むんじゃないか？

「ああ、なんという感動的な光景なのだろうかっ！　久しぶりの再会を喜び合う……！実に美しいっ！」

……あ、大丈夫だった。ある意味尊敬するわ、そのメンタル。

「まだいたのですかファビアン様？　消えてもらって構いませんのに」

メイドなのにその態度マジでスゴイっすね、カミラさん。どうしてそんなに雑な扱《あつか》いができるんだろうか……。

ともあれ、ファビアンの邸宅が完成した暁《あかつき》には、住《す》み込みでカミラが身の回りの世話をするそうだ。

「僕はいまからハイエルフの国へ行ってくるからね。帰ってくるまでには住むところを用意しておいてくれよ？」

わかったよと応じたオレに続き、カミラが口を開く。

「どうぞお気をつけていってらっしゃいませ。くれぐれも、アルフレッド様だけのご帰還《きかん》を願っておりますわ」

「アッハッハ！　まったく素直じゃないなあカミラは！　僕のことが恋《こい》しくてたまらないくせに」

「はぁ？」

凍《い》てつく眼差《まなざ》しを向けられても、気にする素振《そぶ》りを見せないファビアン。輝く白い歯を覗《のぞ》かせては、軽《かろ》やかな足取りでそのまま立ち去っていくのだった。

残されたカミラは再び穏やかな微笑《ほほえ》みに戻《もど》り、クラーラに連れられて自宅へ入っていく。

「ねえねえ、私、久しぶりにカミラの淹《い》れたお茶が飲みたいわ！」

「もう、仕方ないですねえ。甘《あま》えんぼうなんですから、クラーラ様は」

兄と妹で極端《きょくたん》な対応をするメイドの姿に首を傾げながら、オレは朝食を再開するべく、二人の後に続いて自宅へと戻るのだった。

カミラを囲んでの朝食を終えた後、オレはファビアンの邸宅を建てる準備を整えるため、領地東部の住宅地へ向かった。

いつものようにワーウルフたちと翼人族《よくじんぞく》が資材運びを手伝ってくれているので、オレはオレでファビアンが持参した大荷物を片付けようと思っていたんだけど。

自宅の前にあった荷物の数々は、いつの間にやら綺麗さっぱりなくなっていたのだった。

あっという間にカミラが片付けてしまったらしい。……本当に？

「クラーラ様のご自宅へ収納しただけです。もっともほとんど邪魔なものばかりだったので、それらは廃棄《はいき》しましたが」

カミラはあっけらかんとしているけれど、それ大丈夫なのか？

「ええ。お気になさらないでください。いつものことなので」

……そうか、いつものことなのか。それなら仕方ないな……。

「しかし、それにしたって大荷物だっただろ？　大変だったんじゃないか？」

「ご心配には及びません、タスク様。こう見えて私、戦闘メイドとして日々鍛錬《たんれん》を積んでおりますので」

「……はい？　戦闘メイド？」

「はい。身の回りのお世話だけでなく、護衛も任される職種です。ご存知《ぞんじ》ありませんか？」

ご存知も何も……。戦闘メイドなんて言葉はライトノベルの中でしか聞いたことないし、本当に存在するんだなあとビックリしてますよ。

なんでも、カミラは〝天界族〟と呼ばれる種族で、高い知能と身体能力が特徴《とくちょう》らしい。

その昔、天使が下界の他種族と交わり、誕生したのがこの種族の祖先で、かつては堕天《だてん》使《し》と呼ばれて忌《い》み嫌《きら》われていたそうだ。

そこで登場したのが、かつての異邦人ハヤトさんで、差別を助長するような名称《めいしょう》はよろしくないと、天界族という種族名に変更《へんこう》させた。

「祖先たちはこの名称をいたく気に入り、またこの出来事以降、種族に対する差別や偏見《へんけん》もなくなりました。ハヤト様がなきいまとなっては、神として崇《あが》める者すらいるほどです」

「元の世界に帰っただけで、多分、死んでないと思うけどなあ」

気持ちの問題ですよと前置きしてから、カミラは微笑んだ。

「大陸に再び異邦人が現れるようなら忠誠を尽くせ。古来より一族に伝えられていた教えを果たせるのです。これ以上ないほどの光栄ですわ」

「気持ちはありがたいけどさ。ハヤトさんほど立派な人間ではないぞ？」

「ご謙遜《けんそん》なさらないでください。不肖《ふしょう》の身ではありますが、このカミラ、誠心誠意お仕え

させていただきます」

雇用主《こようぬし》はファビアンじゃないのかという、さりげない疑問が頭をよぎるんですが……。

「もちろん、ファビアン様のお世話はいたしますが。なにぶん、クソ面倒《めんどう》くさ――いえ、ファビアン様のお世話をしつつ、タスク様にお仕えできればと存じます」

いま、確実にクソ面倒くさいって言おうとしてたよね、この人。そんな雑な扱いで、ファビアンが文句すら言わないのが不思議だ。

ともあれ、二人のためにも住居は確保しなければならない。みんなが力を合わせて資材を運搬《うんぱん》しているだろう建設予定地に、オレとカミラは足を運ぶのだった。


ワーウルフと翼人族たちによって、建築資材が次々に運《はこ》び込《こ》まれている。

ゲオルクの家族だし、かなり偉い立場の人物っぽいので、来賓邸に負けないような邸宅を用意しようと考えていたのだが。それに待ったをかけたのがカミラだった。

「お気持ちは嬉しいのですが。ファビアン様に豪華《ごうか》な邸宅は無用かと。皆様《みなさま》と同じもので問題ございません」

知的な表情はそのままに、戦闘メイドは淡々と続ける。

「あまりにも華美《かび》が過ぎては、あのバカ……失礼、ファビアン様を増長させる要因にも繋《つな》がりますので。程々《ほどほど》が良いのですよ、程々が」

……う～む。やはりというか、なんというか。同じきょうだいなのに、ファビアンとクラーラで扱いが違いすぎやしないかね？

どうしても気になって仕方ないので、なんでそんなに乱暴な扱いをするのか尋《たず》ねてみたところ、カミラは顔を曇《くも》らせ、遠くを見つめながら語り始めた。

「そうですね……。お話せねばなりませんね。あれはそう、まだファビアン様もクラーラ様も幼かった頃の話です――」

ゲオルクの五人目の奥《おく》さんから生まれたファビアンと、十八人目の奥さんから生まれたクラーラは、一族の中でもずば抜《ぬ》けた美貌《びぼう》の持ち主で、赤子の時から可愛がられていた。

お互《たが》いに仲も良好で、ファビアンは毎日のようにクラーラを伴《ともな》っては遊びに出かけていたそうだ。歳《とし》が離れたきょうだいを、周囲も微笑ましく見守っていたらしい。

ところが成長していくにつれ、ファビアンの性格が悪い方向に変わり始める。周囲が可愛がれば可愛がるほどに、自分が特別だと思い込み、性格に歪《ゆが》みが生じたのだった。

クラーラに接する態度こそ変わらなかったものの、増長を始めたファビアンの言動や行動は乱暴さを増し、それに比例するように周囲は距離《きょり》を取りはじめる。

見かねたカミラが注意しようとしたところ、まだ子どもだったファビアンから、こんな言葉を投げつけられた。

「誰に対して口を聞いているのだ。立場をわきまえて黙ってろ、クソババア」

子どもとはいえ、クソババアは酷《ひど》いなあ。良くないよ。

「その瞬間《しゅんかん》です。私、頭の中ではいけないと思いながら、思わず手をあげてしまいまして」

「……気持ちはわかるが」

「ええ。私のように若く、類《たぐ》い稀《まれ》な美貌の持ち主に対してクソババアと言い放つ。たとえ子どもが相手だとしても、許せるものではありません」

……はい？　えっ……？　そっちですか？

「他になにがありますか？」

「ああ、いや……。どうぞ、続けて」

「はい。そんなわけで、咄嗟《とっさ》にファビアン様を殴《なぐ》ってしまったのです。思いっきり拳《こぶし》で」

「……拳で？」

「得意の右ストレートでございました」

「それは聞いてないです」

振り抜いた渾身《こんしん》の握り拳はファビアンの腹部にクリーンヒット。吹《ふ》っ飛ぶファビアン。

そして、ようやく我に返るカミラ。

倒《たお》れ込むファビアンにカミラが駆け寄り、大丈夫ですかと声をかける。ヨロヨロと起き上がりながら、大丈夫だと言葉少なに笑いながら立ち上がるファビアン。

「そのお顔を拝見した際、私、感じたのです」

「何を？」

「自分の全身を、ゾクゾクっと電流のごとく駆け巡《めぐ》る、打ち震《ふる》えるほどの快感にっ……！」

知的な表情を恍惚《こうこつ》とさせ、身悶《みもだ》えを始めるカミラ。……あ、間違《まちが》いなくヤバイ人だ。

「その日以降、ファビアン様はあのような性格に変貌《へんぼう》を遂《と》げられ……。渋々《しぶしぶ》ながら私もあのような態度を取らせていただいている次第《しだい》で」

ノリノリの間違いじゃないのか？　間違いなくドSでしょ、あなた。

「っていうかさ、それがきっかけだとしたら、ファビアンのいまの性格って見せかけの可能性もあるんじゃないか？」

「どういうことです？」

「ほら、ファビアンって、面倒くさい感じじゃないか。あれって、乱暴な性格を隠すためのフェイクなんじゃないのかなって」

仕事のできる聡明《そうめい》な人物って聞いているし、もしかすると二面性があるのかも。ふと、そんな考えが頭をよぎったものの、カミラは太陽のようなまばゆい笑顔を見せながら、ご心配には及《およ》びませんとファイティングポーズを取ってみせた。

「その時はその時です。ご理解いただけるまで、再教育してさしあげますわ」

「さいですか……」

うん、深く関《かか》わるのは止めておこう。早々に会話を切り上げ、オレは邸宅作りに戻った。

カミラから華美でないほうが好ましいと言われたものの、普通《ふつう》の家を用意するのは若干《じゃっかん》の抵抗《ていこう》を覚える。

久しぶりに構築《ビルド》と再構築《リビルド》の能力をフル活用して建築作業ができるのだ。モノ作りは好きだし、せっかくならこだわったものを作りたい。

というわけで、今回は三階建ての邸宅作りに取り掛《か》かることにした。外観は来賓邸に及《およ》ばないまでも、その分、内装にはこだわりたい。

カミラと話し合いながら、使いやすい水回りや動線を考え、部屋を構築していく。

作業の途中《とちゅう》、ダークエルフの国からソフィアとグレイスが戻ってきた。帰還の挨拶《あいさつ》をしに建築現場まできてくれたと、そういうことらしい。

……で、汗水《あせみず》垂らしながらせっせと作業に励《はげ》んでいるオレを見て、呆《あき》れがちにソフィアは言うわけだ。

「あのねぇ、たぁ君？　他人にこだわった家を用意するぐらいならぁ、自分の家をどうにかしたほうがいいんじゃないのぉ？」

「いまの家はいまの家で、けっこう気に入っているんだけどなあ。愛着もあるし」

「ですが、タスク様。領主としてはいかがなものかと」

そう応じたのはグレイスで、この件にかんしてはソフィアと同じ考えのようだ。

「質素倹約《けんやく》は素晴らしい心がけですが、ご自分の立場をご理解された上で、ご一考いただければ幸いです」

「わかったよ。とりあえず、この家を建ててから考えるさ」

「っていうかぁ？　今度はどんな人が来るのぉ？　お金持ちぃ？」

早々と話題を切り替《か》えたソフィアは、期待を込めた眼差しでオレを見つめる。お前、そういうところは本当にブレないよなあ。

「お金持ちはお金持ちなんだろうけど……。とにかく変わった人だよ」

「何よぉ、それぇ」

「会ってみればわかるって」

要領を得ないといった感じで首をかしげるソフィア。実際問題、説明しようがないからな。

……あ、そういえば。

「なあ、カミラ。ハイエルフの国にいる友だちに交渉《こうしょう》を頼むってファビアンが言ってたけど、もしかしたらここに連れて帰ってくるのかな？」

「可能性としては否定できません」

うーん。そうなった時のためにも、ファビアンの家にゲストルームを用意しておくべきか。それとも来賓邸《らいひんてい》に泊《と》まってもらうとか。

「ちなみにカミラは、その友達とやらに会ったことはあるのか？」

「何度かお目にかかったことはありますが……」

途端に乾《かわ》いた笑顔《えがお》に変わる戦闘メイド。……なにかマズいことを聞いたのだろうか？

「……いえ。お会いになればわかるかと」

その一言で、嫌な予感がしてしまうのはなんでだろうな？


それから数日後。

アルフレッドとファビアンが領地に戻ってきた。ハイエルフの国から友人たちを引き連れての帰還で、ある程度、予想はしていたのだが。

それは、オレが覚えた嫌な予感を見事に的中させる光景だった。

第7章　謎のハイエルフ四人組

「やあやあ、タスク君。いま帰ってきたよ」

白馬にまたがり姿を現したファビアンは、赤色の長髪《ちょうはつ》をかきあげながら、真っ白な歯を見せつけるようにして微笑んでいる。

あれ？　確か、往路はドラゴンの姿になってハイエルフの国へ向かったはずだよな？　その馬はどうしたんだ？

「ここにいる友人たちが貸してくれたのさ。勇者が登場する際は、白馬に乗って現れるのが昔からの習わしだろう？」

……さいですか。もういちいちツッコむのも疲《つか》れるんだよな。

すぐ後ろでは同じく白馬にまたがったアルフレッドが、やけに疲れた顔をしてるし。さぞがし大変だったんだろうなあ。

……で。問題は、だ。アルフレッドの隣《となり》にいる見知らぬイケメン四人組で。これまたそれぞれ白馬にまたがっては、整った顔立ちに涼《すず》しげな笑みをたたえているわけだ。

四人とも共通して耳が長く、長身でスタイルもいい。髪《かみ》の色こそ違うものの、揃《そろ》って長髪で、ファンタジーの世界に登場するエルフの姿をそのまま体現している。

「紹介しよう、タスク君。僕の親友のハイエルフたち……、いや、心の友といっても過言ではないな。『シェーネ・オルガニザツィオーン』のメンバーだっ！」

高らかなファビアンの声とともに、髪をかきあげたりウインクをしたりと、四人組はそれぞれにアピールをしてみせた。

え～っ……と？　しぇー……ね……？　なんだっけ？

「『シェーネ・オルガニザツィオーン』だよ。僕が直々に命名したんだ。どうだい？　素晴《すば》らしい名前だと思わないか？」

そんなことを言われてもなあ……。なんといいましょうか、言葉の響きが中二病感全開ですねといいましょうか。

オレの隣にいる戦闘メイドのカミラは、散々、もしくは嫌々《いやいや》それを聞かされていたのか、イケメンらに冷淡《れいたん》な眼差しを向けている。

「なあカミラ。その、しぇーね、なんとかってどういう意味なんだ？」

「『シェーネ・オルガニザツィオーン』とは、龍人族語で『美しい組織』という意味です」

「美しい組織？」

「ええ。なぜそういう名前なのかは、そのうち嫌《いや》でもわかると思います」

指先を額にあてて、カミラは頭を振《ふ》ってみせる。戦闘メイドの物憂《ものう》げな様子もお構いなしに、ファビアンは声を立てて笑った。

「ハッハッハ！　たった数日離れていただけだというのに、その態度。よほど僕のことが恋しかったようだね、カミラ！」

「ええー、そうですねー。とてもとてもー」

氷点下を思わせる眼差しとセリフが少しもかみ合っていませんよ、カミラさん。そして、ものすっごく棒読みですけど、それはいいんですかね。

「そうだろう、そうだろう！　しかし、もう寂《さび》しい思いはさせないぞっ！　さ、みんなも早く入りたまえ！」

露骨《ろこつ》なまでの返答をファビアンは平然と受け流すと、カミラは激しく音を立てて舌打ちした。あらためて思うけど、異常な関係性だな……。

友人である四人組のハイエルフもなかなかに癖が強そうだ。アルフレッドの案内で集会所へ向かう姿を見ていたのだが。

「フフフ……。発展途上《とじょう》と聞いていたけれど、美しい場所じゃないか？」

「この花々など、特に美しいっ。冬に咲《さ》き乱れる花々……。実に可憐《かれん》だね」

「だがしかし、それも我らの美しさには到底《とうてい》かなわないがね」

「然《しか》り。悲しいかな、我らほど美しい存在など、他にないだろう。もっとも、そんな自分の美しさに、時折、虚《むな》しさを感じてしまうがね」

風に消えるような笑い声を交わし合う四人組に、ファビアンの姿がダブってしまう。なるほど、『美しい組織《シエーネ・オルガニザツィオーン》』という名前なのか、いまなら確実に理解できるわ。


人は見かけによらないというか、なんというか。

一癖《ひとくせ》も二癖もあるハイエルフの四人組は、揃いも揃って要職に就いているそうだ。とてもじゃないけど、そうは思えないいんだよなあ。

なにせ集会所に入ってからも、お茶を用意するカミラの手を取っては、

「やあカミラ、久しぶりだね（キラッ）。相変わらず美しい手をしているな（キラキラッ）」

「お久しぶりですわ。本っ当、できれば二度とお目に掛かりたくはなかったのですけれど」

「フフ、つれないなカミラ。君のような美しい女性に嫌われてしまうとは……（キラッ）。いや、しかし、そんな傷心に暮れる、僕の姿もまた美しいのではないのだろうかっ（キラキラッ）!?」

なんてやりとりを繰《く》り広げていたり。あ、（キラッ）っていうのは、お決まりのように

白い歯を覗かせていたので、オレなりに効果音を勝手に付けただけである。どうかお気になさらず。

面識のあるカミラを相手にしているんだったらまだいいんだ。この四人組の厄介《やっかい》なところは、綺麗な女性を見かけたら見境なしに声をかけるという、その一点である。

エリーゼが茶菓子《ちゃがし》を持ってきた時なんて、

「う、美しいっ！」

「は、はぇっ⁉」

「なんて美しい瞳なんだっ！」

「あ、あのぅ……」

「そして、そんな美しい瞳の中に映る、私の姿がひときわ美しいっ！」

「は、はぁ……」

「こんな美しい女性の美しい瞳にすら勝ってしまう、自分の美しさの罪深さよ……」

……と、人の嫁《よめ》さんを掴《つか》まえて、よくわからない言動をする始末。ストレートに口説こうとするんだったら、遠慮《えんりょ》なく追い出せたんだけどな。

とにもかくにも、万事《ばんじ》そんな調子なのだ。会談を始めるまで、持参した手鏡を離すことなく、ハイエルフたちはいろんな角度から自分自身を眺《なが》めている。

聞けば、『シェーネ・オルガニザツィオーン』（覚えたオレ、偉《えら》くない？）のリーダーがファビアンだそうで、まあ、納得《なっとく》。カミラの大きなため息の理由がわかったわけだ。

できることなら、ハイエルフが揃いも揃ってこういう人たちばかりではないことを願いつつ、とにもかくにも会談は始まった。

ナルシスト的な一面ばかり見ていたので、不安こそあったものの、話し合いはスムーズに行われていく。

要職に就《つ》いているというのは事実だそうで、四人ともある程度の権限を持っており、交易の内容は次々に決まっていった。

主立った内容としてはハイエルフの国からは鉱石類、薬草類と金銭が。こちらからはハーバリウムなどの雑貨や装飾品《そうしょくひん》、それに食料が、それぞれ取引されることになる。

嬉《うれ》しかったのは、交易品となる薬草類の品目に『メープルシロップ』と『コーヒー豆』が含《ふく》まれていたことだ。

どちらも嗜好品《しこうひん》というよりも、栄養補助食品的扱いになっているそうである。元いた世界では馴染《なじ》み深《ぶか》い物《もの》を、久しぶりに味わえるかと思うと楽しみで仕方ない。

一方、こちらからの交易品については、とある問題が提起された。

ハイエルフの国の首都方面に雑貨や装飾品を、南方の村々に食料品を送ることで合意しかけたものの、四人組のひとりが待ったをかけたのだ。

「できれば、もう少し、食料を出していただくわけにはいかないかな？」

聞けば、南方の村々だけでなく、東方の村々も備蓄《びちく》が危《あや》ういと報告をうけているそうだ。

できればそちらにも食糧《しょくりょう》を供給したい。その分、金銭は上乗せする。もちろん多少増額して。

だがしかし、専属商人でもあるアルフレッドの表情は渋《しぶ》い。

「厳しいですね」

そう切り出した龍人族《りゅうじん》の商人は、眉《まゆ》を微妙《びみょう》な角度に動かした。

「タスクさんの能力を使えば、短期間で作物は収穫《しゅうかく》できますが。圧倒的《あっとうてき》に人手が足りません」

オレのスキル――構築《ビルド》と再構築《リビルド》――で作られた種子を生育させれば、季節に関係なく三日間で作物を収穫できる。

とはいえ、栽培《さいばい》と収穫は別の話だ。収穫量《しゅうかくりょう》を増やしたかったら畑の面積を広げる必要があるし、栽培にはそれだけ人手も必要になる。

現状はといえば、ダークエルフの国との交易だけでもいっぱいいっぱいなのだ。それを踏《ふ》まえた上で、アルフレッドはハイエルフの国に出荷《しゅっか》できる作物量を算出したらしい。

ということは、どうあがいてもこれ以上はムリという話で、申し訳ないんだけど諦《あきら》めてもらうしかないわけだ。

しかしながら、ハイエルフたちは諦めなかった。こちらが断った上で、さらにこんな提案を持ちかけてきたのだ。

「では、こういうのはいかがだろうか？　我《わ》がハイエルフ国から、この領地に同胞《どうほう》たちを移住させよう」

「……は？」

「さすれば、そちらの人手不足も解消するだろう？　労働力も収穫量も増える上、我らも食料を仕入れることが出来る。お互い持ちつ持たれつの名案だと思うのだが」

「なるほど。それは素晴らしい考えだ。それに美しくもある」

「ふむ、将来有望な土地に住めるとなれば、立候補する者も多いだろう。実に素晴らしい」

四人組が次々に同意の声を上げる中、水を差すようで悪いけれど、個人的には「おいおい、ちょっと待ってくれよ」と言いたい心境である。

「お、お待ちください。一方的なご提案をいきなり受け入れることはできません」

オレの気持ちを代弁するようにアルフレッドが割って入った。

「こちらとしても人材の確保は課題となっています。しかし、だからといって他国より人を受け入れる余裕《よゆう》もありません」

「そうだな。住居にしろ、食料にしろ、人を増やす体制が整ってないからな」

専属商人の意見はもっともなので、オレは首肯《しゅこう》した。

第一、受け入れることを同意したところで、目の前にいるナルシストみたいな人たちばかり集まっても困っちゃうし……。

「では、タスク君。こういうプランはどうだろうか？」

それまで黙《だま》っていたファビアンは、腕組《うでぐ》みをほどくと同時に口を開いた。

「移住の件は一旦《いったん》保留にしておいて、当面、領地内の施設《しせつ》を整えるんだ」

いずれにせよ、人を増やさないことには領地の発展は望めない。であれば、今からでも受け皿は整えておくべきである。

衣食住環境《かんきょう》を整備した上で、改めて移住を再考すればいい。

「そういうことならオレは構わないが……」

「君たちはどうだい？」

「ファビアン君がそう言うのであれば仕方ないな」

「ふむ。こちらも事を急《せ》いてしまったな。いや、礼儀《れいぎ》を欠いた」

「我らとしたことが美しくない提案だったな」

「ああ、実に醜《みにく》い……。忌むべき提案だった」

ウンウンと頷《うなず》き合う四人組。よくわかんないけど、美しさが重要なんですね。

紆余曲折《うよきよくせつ》はあったものの、一定の同意を得て会談は終了《しゆうりよう》した。とりあえずは当初の予定通りの内容でまとまり、ハイエルフたちはそのまま帰路につく。

遠路で疲れているだろうし、泊まることを勧《すす》めたのだが、少しでも早く国王に報告したいそうだ。性格はアレだけど、仕事は熱心なんだな。ほんと、性格はアレだったけどっ！


「あれで良かったのか？」

ハイエルフの四人組を見送った後、集会所に戻ったオレは、赤髪のイケメンにささやかな疑問を投げかけた。

「良かったとは？」

「お前の友達なんだろう？　意図を汲《く》んで、彼《かれ》らの要望を叶《かな》える後押《あとお》しだってできたはずだろ？」

「その考えはもっともだ。しかしね、タスク君。僕《ぼく》はこれでもビジネスマンなのだよ」

カミラに紅茶のおかわりを要求しながら、ファビアンは椅子《いす》に腰掛《こしか》け、それから優雅《ゆうが》に足を組んだ。

「いくら友人たちの頼《たの》みとはいえ、自分が損をするような提案は受け入れられないさ」

「それはつまり、あの提案は口減らしの類《たぐ》いだったということでしょうか?」

アルフレッドの問いかけに、ファビアンは赤色の長髪を左右に振って応じる。

「それはないだろうね。そんなことをしても心象が悪くなるだけさ。きちんと労働力は見繕《みつくろ》ってくれるはずだよ」

「ではなぜ、保留案を提示されたのですか?」

「この領地の特殊性《とくしゅせい》を考えれば妥当《だとう》な判断だったと思うがね。……やあ、カミラ、紅茶をありがとう。素敵《すてき》な味だよ」

ティーカップを手に取ったファビアンは、立ち上る湯気を顎《あご》に当てながら、この領地が持つ特殊性について説明した。

「ここはタスク君という絶対的な領主の下、多民族が共存している土地だ。領民たちとも固い信頼《しんらい》関係が結ばれている。しかし、新たにやってくるハイエルフたちが同じとは限らない」

移住によって環境《かんきょう》が変われば不平不満が出てくるだろう。移住者が少なければ解決するのはたやすいが、大人数で押《お》しかけられた場合、お手上げである。

それにハイエルフが先住者たちと共存できるかという懸念《けねん》も拭《ぬぐ》いきれない。受け入れには慎重《しんちょう》を期すべきだ。

「僕はここで新たな事業を始めるつもりだからね。できるだけ不安要素は排除《はいじょ》しておきたいのさ。余計なことで頭を悩《なや》ませたくはないだろう?」

涼しい顔で紅茶を口元へ運ぶファビアン。その思考も口調も、優秀《ゆうしゅう》なビジネスマンという話が事実であることを確信させる。

「なによりだね、フローラとの愛を育《はぐく》む時間を邪魔《じゃま》してほしくないというのが本音なのだよっ! ハハハハハっ!」

高らかな笑い声が集会所に響き渡《わた》る。前言撤回《てっかい》。多分、こっちが地だな。

「とにかく、だ」

ピタリと笑うのを止めたファビアンは、軽く髪をかきあげてオレを見やった。

「先程《さきほど》も話したが、僕としては内政に時間を割《さ》くことをオススメしたいところだね。領民に手厚いケアを施《ほどこ》しながら、受け入れの準備を少しずつ進めていく。移住も段階的に進めていくのがいいだろう」

引き続き僕がハイエルフの国との仲介《ちゅうかい》に入るよと、ファビアンは続けた。

「オレとしては正直助かるけど、面倒じゃないか?」

「なにを言っているんだい、タスク君。僕もこの領地で暮らす仲間じゃないか。このぐらいはやらせてくれよ」

「それはありがたいけど」

「それにだね。ここには愛《いと》しのフローラだけでなく、クラーラやリア、それにカミラも暮らしているんだ」

輝《かがや》く白い歯を見せつけながら、ファビアンは大空に輝く二つの太陽のように、まばゆい笑顔を浮《う》かべる。

「僕の大切な女性たちが穏《おだ》やかに暮らせるのなら、たとえどんな面倒事だろうとも、苦に思わないさ！」

第8章　カフェの建築

ハイエルフの国との交易は、ファビアンとアルフレッドに任せておくとして、オレは領地内の充実《じゅうじつ》を図《はか》ることにした。

ファビアンに言われたからというわけでもないんだけど、考えてみれば、福利厚生施設《こうせいしせつ》のたぐいが皆無《かいむ》だという事実にあらためて気付かされたのだ。

そういったわけで、身近な人から意見を募《つの》ろうと、リビングで焼き菓子《がし》を頬張《ほおば》っている猫人族《ねこじん》の妻から話を聞いてみる。

「そう言われてものう？　いまのままで不自由はないしの……」

クッキーを口に放《ほう》り込み、アイラは頭上の耳をぴょこぴょこと動かした。

「もう少し真面目《まじめ》に考えてほしいんだけどなあ？」

「真面目も真面目、大真面目《おおまじめ》じゃ。不満などあるはずがなかろう」

「ん～……、たとえばこういうのがあればいいのにとか、そういうのもないのか？」

「ない」

即答《そくとう》である。なんでそこまで言い切れるんだ？

「決まっておる。タスクよ、おぬしがそばにいてくれるなら、私はそれだけで十分じゃ」

予想外の返答にアイラの顔を覗《のぞ》き込む。平然を装っているものの、見る見るうちに顔を真っ赤にさせる猫人族の妻は、尻尾《しっぽ》を逆立てるようにして声を荒《あら》らげた。

「な、なんじゃ！　わ、私がこんなことを言うのは似合わんかっ!?」

「アイラ」

「ひゃうっ！」

気が付けばオレは背中からアイラを抱《だ》きしめていた。真っすぐな想《おも》いが、たまらなく愛おしい。

胸元《むなもと》に腕《うで》を交差させていると、アイラはそれをきゅっとつかんで離《はな》そうとしない。栗色《くりいろ》の美しい髪が軽く揺《ゆ》れて、アイラの顔が動くと、やがてうるんだ瞳《ひとみ》がオレをとらえた。

「タスク……」

「うん……」

視線と呼吸が交わって、オレたちは自然と顔を近付ける。あとほんの数センチで唇《くちびる》と唇が触《ふ》れ合おうかという瞬間。

「たっだいま～☆　みんなのベルちゃんのご帰宅ですよ～♪」

玄関《げんかん》の扉《とびら》が勢いよく開くと同時に、ギャルギャルしい恰好《かっこう》のダークエルフのご機嫌《きげん》な声がリビングに響《ひび》き渡った。途端《とたん》に、全身を硬直《こうちょく》させるオレとアイラ。瞬時《しゅんじ》に状況《じょうきょう》を把握《はあく》するベル。

「ウキャ〜★　タックン、ウチもウチも！　ウチも交ぜてっ！」

「だっ、ダメじゃダメじゃ！　ベルよ、いまは私とタスクだけのひと時で……」

「もうっ♪　アイラっちってばつれないな〜！　一緒《いっしょ》に楽しんじゃえばいいじゃん☆」

そして繰り広げられる賑《にぎ》やかな光景。やれやれ、結局はこうなるのか。……まあ、オレも健全な男子ですし、やぶさかではないですけれどもっ！

それはそれ、これはこれである。色々（過激な表現が含まれるため自主規制）あった後、本題に戻《もど》るのだった。

しかしながら、結局のところ、ほとんどが空振《からぶ》りに終わってしまったというか……。

四人の奥さんたちから何もいらないという回答が返ってきたのをはじめ、ワーウルフも魔道士《まどうし》たちも揃って不自由はないという返事がきてしまうと、オレとしてもどうしていいものか悩んでしまうのだ。

領民たちから喜ばれるような施設を作りたいと思っていても、リクエストがない限り手

の打ちようがない。はてさてどうしたものかと考えながら、オレは翼人族《よくじんぞく》が働く菓子《かし》工房《こうぼう》に足を運ぶのだった。

「……要望ですか？」

遥麦《はるかむぎ》の粉とバターの焼ける香《こう》ばしい匂《にお》いが立ち込める中、工房《こうぼう》の責任者でもあり翼人族のリーダーでもあるロルフは姿を現すと、こちらの事情を聞くなりしばらく思案にくれている。

まさかここでも空振りに終わるかなあと思っていたのも束《つか》の間《ま》、ロルフはこちらの顔色を窺《うかが》うようにして、ポツリと呟《つぶや》いた。

「その、要望というのは……なんでもよいのですか？」

「うん。領内を充実させるためだから、できる限りのことはするつもりだけど」

「でしたら、私たち翼人族一同、タスク様に用意していただきたいものがありましてっ」

おっ、ついにリクエストが来たぞなんて、ワクワクしながら耳を傾《かたむ》けていたところ、翼人族の若きリーダーの口から続けざまに発せられたのは意外な一言だった。

「領内にカフェを作っていただきたいのですっ！」

翼人族がカフェを熱望するのには理由がある。

日夜、お菓子にかんしての研究と試作に余念がない彼らだが、せっかくの自信作ができあがったとしても、現状は供給過多となっている。

理由は明白で、領民たちが抱いているお菓子に対するイメージの問題で、お菓子イコール高級品という印象が強すぎるあまり、気軽に手が出せないと考えていることだ。

もちろん、ロルフたち翼人族の作るお菓子は、価格も手頃《てごろ》で日々のおやつにちょうどいいのだが……。一度植え付けられた印象を払拭《ふっしょく》するのはなかなかに難しい。

アイラなんか毎日のように通い詰《つ》めているんだけどなあ？　菓子工房の常連といっていい。いまやロルフから教えてもらうより早く、アイラの口から新作スイーツの情報を聞かされるぐらいだし。

ともあれ。

カフェができれば、日々のお茶がてら、身近な存在としてお菓子が広まっていくのではないか。そう考えた翼人族は、機会があればお店を持ちたいと考えるようになったそうだ。

なるほど、カフェか。カフェができれば憩《いこ》いの場にもなるし、みんなもいい息抜《いきぬ》きができるだろう。手始めに用意する福利厚生施設としてはいいかもしれない。

そう考えたオレは、二つ返事で了承《りょうしょう》する旨《むね》を告げた。すると、聞き耳を立てていたのか、工房のあちこちから歓声《かんせい》が沸《わ》き上がる。そんなにお店を持ちたかったのか。

というわけで、カフェの建設計画に取りかかる。場所はオレの自宅近く、領地の中央からやや北寄りの場所へカフェを建設することにした。ここなら住宅地にもほど近いからね。なにより、オレが通いやすい。領主のささやかな特権を使わせてもらおう。その分、お店にお金は落としますとも！

程《ほど》なくしてカフェの建設が始まると、翼人族は総出で作業に加わるのだった。完成を相当楽しみにしているらしい。

作業にはお菓子に興味がないけれど筋肉を誇示《こじ》したいワーウルフや、魔道士やハーフフットも力を貸してくれた。エリーゼを中心に、妖精《ようせい》たちが内装や装飾品についてあれこれ意見を出し合ってる姿も見える。

驚《おどろ》いたのは、こういう時には昼寝《ひるね》ばかりしているアイラも作業に参加していたということである。

「甘味《かんみ》が食べられるのであろう？　ならば少しでも早く完成させて、存分に味わいたいからのぅ！」

……目的はどうあれ、手伝ってくれるのはありがたい。

そんなこんなで、気付けば領民総出で建設に取りかかることになり、結果、驚くほどの短期間でカフェが完成したのだった。

カフェは三階建ての立派なもので、テラス席を含めた一階と二階部分が客席、三階部分が調理場となっている。当面は翼人族と魔道士たちが交代制で店員を務めるそうだ。

「カフェができたなら、飲食しながら創作のネタ出しができるってことでしょ？　インスピレーションの助けになるなら役に立たないとね！」

熱く語るのはソフィアで、後ろに控《ひか》えたグレイスを始め、魔道士たちも力強く頷いていた。翼人たちとは異なる意味で、完成を楽しみにしていたようだ。

運営責任者はロルフが務める。領地内の収穫物《しゅうかくぶつ》を材料として使用するため、その分の代金は納めてくれるらしい。

オレとしては憩いの場になるだろうから、材料なんか無料で使ってもらって構わないと思っていたのだが、それはいけませんとキッパリ断られてしまった。

「私どもが望んで建ててもらうようお願いしたのです。これ以上甘《あま》えるわけには参りません」

「そんなもんか？」

「そうです。第一、タスク様は優《やさ》しすぎます！　もっと財務のことも考えていただかねば！」

ええ、それはもうしっかり怒《おこ》られましたとさ。しかも売上の一部は税金として納めてくれるそうだ。領主以上に領地思いですなあ。

完成したカフェは『天使の翼』という店名が付けられた。建設作業の賑やかな様子をそのままに、オープン当初から大盛況《だいせいきょう》だ。

ケーキ類やパフェ、それにアイスなど、領内で採れた新鮮《しんせん》な材料を使った甘味とお茶が手頃な価格で気軽に楽しめるとあってか、それまで菓子工房を敬遠していたのがウソだったかのように、客席のあちこちから弾《はじ》ける笑い声が聞こえるのだった。

種族関係なく仲良くテーブルを囲む光景は実に感慨深《かんがいぶか》い。カフェを作ってよかったと心から実感していた矢先、ダークエルフの国から来客があった。

義理の弟にあたるイヴァンが遊びにきたのだ。

突然《とつぜん》とはいえ、イヴァンの来訪は嬉しい。交易の任務を担《にな》っていた場合、ゆっくり話ができないからな。

雑談を交《か》わしながらイヴァンを自宅へ招くと、いまやすっかり大きくなった二匹《ひき》のミュコランと妖精たちがダークエルフを出迎《でむか》えた。

「立派になりましたね。皆《みな》さんから可愛《かわい》がられているみたいでなによりですよ」

しらたまとあんこが再会を祝すかのように、みゅ～みゅ～と鳴き声を上げながら、イヴァンにすり寄っている。

「うん。身体のどこにも不調は無さそうですね」

「……しらたま……あんこ……健……康……？」

「そうだね。どこも問題は無さそうだよ」

「それはよかったッス！　元気が一番ッスもんね！」

みゅ～！　と、ひときわ大きな鳴き声を上げる白色と黒色のミュコランたち。

ロロとララは二匹の背中に寝《ね》そべって、遊びに行ってくるッスと、そのまま出かけてしまった。

「人気者ですね」

「しらたまとあんこはウチのアイドルだからな」

「これからますます大きくなりますよ。あと二ヶ月も経《た》たないうちに子牛ぐらいの大きさになるかも」

イヴァンの言葉にオレは耳を疑った。……ウソだろ、おい。

「成長期に入ってからが早いんですよ、ミュコランは。半年も経たないうちに成人男性が背中へ乗れるぐらいにまでは大きくなりますね」

「は～。そんなもんか……」

もふもふフワフワの体毛は変わらないそうだけど、一緒に寝るのは厳しそうだな。圧死しかねない。

……まあ、たとえそうだとしても、それでもヴァイオレットは一緒に寝たいって言うんだろうな。いまのうちから、それとなくミュコラン離《ばな》れさせていこう。

「そろそろあの子たち専用の小屋を用意してあげないといけませんね」

「もう少し一緒にいたいんだけどな」

「義兄《にい》さんの気持ちはわかりますが。これから本格的な成長期を迎《むか》えますし」

ダークエルフとの交易のたび、馬ではなくてミュコランが荷台を引っ張る姿を見かけるけれど、確かに立派なんだよなあ。あのサイズになってしまうとこの家では手狭《てぜま》か。

「そういえば」

話題を転じるようにイヴァンが口を開く。

「来る途中《とちゅう》、見慣れない建物がありましたけど……？」

そうか。前回の交易はカフェが建つ前だったか。ベルもカフェに行ってくるって言ってたし、イヴァンを案内するにはちょうどいいだろう。

「さあて、なんだろうな。見たら驚くぞ？」

散々もったいぶりながら、オレは翼人族が運営するカフェである『天使の翼』に義弟《おとうと》を連れて行くことにした。

せっかくだし、こだわりのスイーツでもてなそうじゃないか。そんな気持ちでカフェに足を運んだのだが。

このカフェで過ごすひと時が、ちょっとした波紋《はもん》を広げる結果となるのだった。


「あれ〜？　いっくんじゃん☆　どーしたの♪」

テラス席の一角に座《すわ》る女性たちの中から、陽気な声が上がる。

「ベルデナット姉さん……。いい加減、いっくんって呼ぶの止めてくれって」

「ぶー。いっくんだって、ベル姉さんって呼んでくれないじゃん！」

「わかったよ、ベル姉さん。とにかく、今日はお義兄さんに会いに来ただけだから」

同じテーブルへ座るようベルは手招きしているが、その誘《さそ》いを断って、オレたちは離れた席へ腰掛けた。

「フーンだ、いいもーん☆　こっちはこっちで女子会楽しんじゃうもんね！」

褐色《かっしょく》の肌《はだ》をしたギャルギャルしい格好のダークエルフはそう言うと、アイラ、エリーゼ、リアたちと談笑《だんしょう》を再開させる。

椅子の傍《かたわ》らにはしらたまとあんこが寝そべっており、更《さら》にその背中へ妖精達《ようせいたち》が寝転《ねころ》んでいる。実に平和な光景だ。

「それにしても、甘味専門の食堂ですか。面白《おもしろ》いことを考えますね」

ウェイターが運んできたケーキと紅茶を眺めつつ、イヴァンが口を開く。

「ダークエルフの国にはカフェがないのか?」

「本格的な甘味は高価で嗜好品みたいなものですからね。せいぜい贈答品《ぞうとうひん》で用いられるか、貴族の茶菓子として食される程度ですよ」

あってもせいぜい酒場と食堂ぐらいで、甘味が用意されていたとしても、ビスケットやパイがせいぜいだそうだ。

ロルフからカフェを開きたいという提案を持ちかけられた時は、この大陸にもカフェ文化があるんだなと思っていたけど、どうやら地域によって異なるらしい。

「だからこそ、先日の技術講習はみんな喜んでいましたよ。新たな産業だけでなく、甘味の特産品が作れると」

「ソフィアとグレイスたちのチョコレート講習会か」

「ええ。長老たちから、くれぐれもよろしく伝えてくれと。近いうちにまた講習を開いていただければ幸いです」

「もちろん。ダークエルフの国のチョコレートがどんな味になるか、いまから楽しみだよ」

「ええ、期待していてください。……ところで」

イヴァンはガラス越《ご》しに見える店内へ視線をやりながら、躊躇《ためら》いがちに続ける。

「講師であられるお二方が、先程からこちらをじぃっと眺めているような気がするんですが……。俺《おれ》、何かやりましたかね？」

ちらりと見やった先では、店内の奥《おく》の席に陣取《じんど》ったソフィアとグレイスが、顔を上気させながら鼻息荒くこちらを見つめているのがわかる。

……なんとなくだけど、

「血の繋《つな》がっていない兄×弟……。これは尊死不可避《とうとしふかひ》……」

「異種族間の禁断の愛……。妻と姉には言えない情事……。実に、実にエモい……」

とか言ってそうな気がする上に、それが遠からず当たっている確信を持ててしまうというのが実に虚《むな》しく、そして悲しい。

同人創作は自由だけどナマモノだけは止めておけと、口うるさく言っているんだけどなあ。また注意しておかないと。

とにかく義弟には「発作《ほっさ》みたいなもんだから気にしないでくれ」と伝え、誤魔化《ごまか》すように紅茶を口に運ぶ。

釈然《しやくぜん》としない様子だったイヴァンも、気を取り直したのか、ティーカップを手に取ってくれたので一安心だ。

「それにしても、どうしてこういう店を開こうと考えられたのですか？」

フォークを手に持ったイヴァンは、ケーキを切り分けながら口を開いた。

「義兄さんは開拓《かいたく》作業のほうが好みだと思っていたのですが……」

領地特産の『超甘《ちようあま》イチゴ』が乗ったスポンジケーキを頬張るイヴァン。確かにその指摘《してき》は正しい。開拓などを中心とした、いわゆる『箱庭ゲーム』にハマっていた身としては、その手の作業のほうが楽しくもある。

とはいえ、領主ともなればそうもいかないわけだ。オレはティーカップを受け皿に戻すと、このカフェを建てることになった一連の経緯《けいい》について打ち明けることにした。

「――なるほど。移住を持ちかけられたのですか」

「ま、保留になったけどさ。その間に領地を充実させようってなったわけ」

「次から次へ……。義兄さんも大変ですね」

「まったくだ。なんだったら手伝いに来てくれてもかまわないぞ？」

「いえいえ。俺にも仕事がありますからね。遠慮しておきますよ」

微笑《ほほえ》みとともにイヴァンは軽くいなしてみせる。くそう、割と本気だったんだけどなあ。

「しかしですね」

間を置くように呟いた義弟は、カフェの外観を見やって言葉を続けた。

「このお店も見事ですが……。優先して充実させなければいけない場所があるのでは？」

涼《すず》しげな眼差《まなざ》しが動き、オレの肩越《かたご》しを眺めやっている。つられて振《ふ》り返った先にはオレの自宅があった。

「いい加減、ご自宅を建《た》て替《か》えられたらどうですか？」

「イヴァンまでそれを言うか」

「俺が言うのもなんですが、領主の住居としてはいささか格好がつかないかと」

確かにね、新しく建てたみんなの家や来賓邸《らいひんてい》に比べたら、少しばかり古めかしいけれど。

これはこれで気にいっているんだよ、オレは。あんまり広くても落ち着かないし、掃除《そうじ》だって大変じゃんか。

……まあ、みんなが言っているのは、そういう話ではないっていうのは重々承知しているんだけどね。立場にふさわしい住居、すなわち、ある程度の体裁《ていさい》が必要だっていうのはさ。

やれやれ、この分だと領民の福利厚生施設よりも前に、自宅の増改築を検討しなきゃいけないか。他にやりたいことがあるんだけどなあ……。

第9章　回転する食事会

自宅の増改築を頭の片隅《かたすみ》にいれつつも、しばらくの間は、領内の整備を図ることに決めた。

理由は至って単純で、財務状況が安定しないうちに見栄《みば》えだけ整った住居を構えても、領主として示しがつかないと思ったからだ。

もっとも、カミラなどに言わせれば「見栄えを整えるのも、領主の仕事のうちですよ」とのことなんだけど……。まあ、いいじゃないか。いずれは建て替えるつもりだしさ。

とにもかくにも、いまは交易に使える品々を増やしたい。

その一心でタイトなスケジュールを組むと、オレはひたすらに汗《あせ》を流し続けた。畑の拡張に家畜《かちく》の世話、エビの養殖池《ようしょくいけ》の増設と移住者用の住居建設などなど……。

ほとんど自由時間もないままに、忙《いそが》しく毎日を過ごすといった感じである。

多忙《たぼう》な中でもなんとか倒《たお》れずに済んでいたのは、カミラの力によるところが大きい。

さながら秘書のようにすべての予定を管理してくれていたおかげもあって、仕事のオンオフの切り替えがスムーズにおこなえたのだ。

ただし、ひとつだけ気になることがある。

「こっちはとても助かるんだけど、ファビアンのそばにいなくていいのか？」

ずっと引っかかっていた疑問を呈《てい》すオレに、戦闘《せんとう》メイドは首を左右に振って応じた。

「仕事の都合上、あちこち飛び回っているお方ですので。不在の間は問題ありません」

「そういやファビアンって、どういった仕事をしているんだ？」

「タスク様に説明もしておりませんでしたか、あの阿呆《あほう》。主な事業としては宝石商を営まれております」

さりげなく毒を交えつつも、カミラはさらにファビアンが畜産《ちくさん》や紡績業《ぼうせきぎょう》を手がけていると教えてくれた。

ちなみにあのクセの強いハイエルフ四人組とは、一年に一回開かれる宝石の見本市『ジエムショー』で知り合い、意気投合したそうだ。

「私としては、ファビアン様に出払《ではら》っていただき、ご友人たちと好き勝手過ごしてもらいたいというのが本音なのですが」

精神衛生を正常に保てるので帰ってこないほうがよいのですと、カミラは知的な表情をほころばせる。さいですか。

「それよりも」

顔を近づけてカミラは続ける。

「タスク様もさぞかしお忙しいと存じます。よろしければ専属の戦闘メイドを手配させますが」

「いまのうちはカミラがいてくれるから大丈夫《だいじょうぶ》だよ。自分でできることは自分でしたいし」

むしろ、この間から『戦闘メイド』という職業が気になって仕方ない。頭に〝戦闘〟という言葉がついているからには、恐《おそ》らくそういった技術に優《すぐ》れていると思うんだけど。

カミラと接してみたところ、身の回りの世話が完璧《かんぺき》なメイドとしか思えないのでイマイチ理解できないのだ。

「当然です。日頃《ひごろ》から武力を誇示するなど野蛮《やばん》でしかありませんので。主人の身を守る時にのみ、その力を行使するのですよ」

胸に手を当てたカミラは、誇《ほこ》らしげに口を開く。護衛とか警護の役割みたいな感じなのか。

「トレーニングとか大変そうだな」

「ええ。戦闘メイド協会には精鋭《せいえい》のメイドのみ所属を許されていますので。日々の鍛錬《たんれん》は欠かせませんね」

「精鋭って、具体的にはどのぐらいのレベルなんだ？」

そうですねと、顎に手を当ててしばらく考《かんが》え込《こ》んでから、カミラは朗《ほが》らかに口を開く。

「素手《ステゴロ》でワイバーンを倒せるぐらいでしょうか」

「……ステゴロで？」

「ステゴロで」

「ワイバーンを？」

「はい、ワイバーンを」

極《きわ》めて怖《こわ》い発言を口にして、戦闘メイドはにこやかに微笑んだ。……できるだけカミラの機嫌を損《そこ》ねないように努めよう、うん。


閑話休題《かんわきゅうだい》。

本末転倒《ほんまつてんとう》な話なんだけど、タイトなスケジュールを組んでしまったせいで、ここ最近は息抜きの時間がなかなか持てないという悩みが生じている。

わずかな時間に楽しい時間を設けられないか、そう考えたオレは就寝《しゅうしん》前に一杯《いっぱい》飲もうと、ハーフフットのアレックスとダリルのもとに足を運び、ワインを譲《ゆず》ってもらえないかと相談したのだが、

「いいや、お館《やかた》様に飲んでもらうにはまだ早い」

「若いですからね。もう少し時間をかけなければ、我々としてもお譲りできませんよ」

……と、もっともな理由で断られてしまったのだった。

それならば、疲《つか》れた身体には甘いものがいいと、スイーツを求めにロルフのカフェへ足を運んだもののの。

「ちょうどよかった。新メニューのアイデアをお聞きしたいと思っていたんです」

といった具合で、なにも口にしないまま、ああだこうだと意見を出し合い、そのまま帰路につく始末。……息抜きに出かけていたはずなのに、これはおかしい。


そこでオレは考えたわけだ。

そもそも構築と再構築の能力を駆使《くし》して〝仕事〟をしているおかげで息抜きの時間を持てないわけで、それならいっそのこと、息抜きの時間にも構築と再構築の能力を使えばよいのでは、と。

……自分でもなにを言ってるか、ちょっと自信がなくなってきたな。本格的に疲れているのか……?

とどのつまりだ。

趣味《しゅみ》の時間を作ろうじゃないかという結論にいたったという話なのである。構築と再構築の力で、純粋《じゅんすい》にものつくりを楽しみたいと。思う存分、創作意欲を発揮したいと。とにかくそういうことなのだ。

そんなわけで、ここ最近、就寝前の時間に集会所へ足を運んでは、チマチマとものつくりに励《はげ》む日々なのである。

奥さん方はオレの様子がおかしいと察したようで、特にアイラはそろっと顔を覗かせては、「……なにをやっておるのじゃ、おぬしは？」と微妙《びみょう》な表情を浮かべてみせる。

「おお、アイラ。いいところに来た。ものすごく画期的なものを作っているところでさ」

「……ヘンテコなものを作っているとしか思えんがのう？」

「いやいや、いまはそう見えるかもしれないけどな。バラバラになっている部品を組み合わせると、それはもうロマン溢《あふ》れる逸品《いっぴん》に仕上がるわけだ」

「ロマンもよいがの……。早めに休むのじゃぞ？　皆も心配しておる」

そう言って、大きなあくびをひとつすると、アイラは自宅に戻っていった。せめてどんなものが出来るのか話を聞いて欲《ほ》しかったんだけど、完成するまでのお楽しみにしておくのも悪くないいか。

それよりも、奥さん方に心配をさせてしまうのは本意ではない。作業に集中しすぎないよう気をつけながら、チマチマと作業を進めること、さらに数日間。

創作意欲のすべてをつぎ込んで完成したそれは、日本ではなじみ深い〝あの装置〟である。


ついに、ついに完成したぞ……。ようやく出来上がった装置を満足げに眺《なが》めていると、背後から気の抜《ぬ》けた声が聞こえるのがわかった。

「お呼び出しはいいんだけどぉ。たぁくん、コレはいったいなんなのよぉ……」

ツインテールにフルメイクを決《き》め込んだソフィアが、奇怪《きかい》なものを見るかのごとく不審《ふしん》の声を上げている。

「ご依頼《いらい》の通り、風の魔《ま》法《ほう》を閉《と》じ込めた魔法石をお持ちしましたが……」

並び立つグレイスも、理解できないといった面持《おもも》ちで組み立てた装置に一瞥《いちべつ》をくれた。

「もしや、この装置のために魔法石を？」

「うん、そうだよ。ありがとう」

「ずいぶんと大きいわねぇ。キングサイズのベッドふたつ分ぐらいあるじゃない」

アルファベットの〝O〟の形をしている装置をしげしげと眺めやりながら、ソフィアは続ける。

「それでぇ？　これってどんなスゴイことができるのぉ？」

「スゴイことって……、何が？」

「大掛《おおが》かりな装置でぇ、魔法石も使うんでしょう？　特別な力が発揮されたりとかぁ」

「え？　そんなのないけど？」

「……はぁ？」

「オレが作りたいから作っただけだしな」

勘違《かんちが》いしているみたいだけど、この装置自体、大した機能はないのである。あくまで動力源として魔法石が必要になるだけなのだ。

誤解を解くためにも、この装置がどんなもので、どうやって動くかということを二人に説明してみせる。

耳を傾けていたソフィアはやがてあんぐりと口を開け、オレの顔をまじまじと見やり、そして三秒ほど間を空けてからオレの名前を呼んだ。

「たぁくん……」

「どうした？」

「もしかしてぇ、バカなのぉ？」

酷《ひど》い言われようだな、おい。

「だってそうでしょぅ？　そんなことのためにぃ、わざわざこんな装置まで作ってぇ、私たちに魔法石まで用意させるなんてぇ」

「そんなこととは随分《ずいぶん》じゃないか。いいから試運転するところを見ていけって。眺めているだけでワクワクするんだぞ？」

「もぅ、いいわよぉ……。私達《たち》だって忙しいんだしぃ」

聞けば二回目となるチョコレートの技術講習のため、これからダークエルフの国へ出立するそうだ。

「申し訳ありません、タスク様。帰ってからじっくり見学させていただきますので」

「呆《あき》れがちに聞こえるのは、オレの気のせいか、グレイス？」

「い、いえ、そんなことは……」

「いいことぉ、たぁくん？」

顔をずいと近づけたソフィアが、ジト目を向ける。

「魔法石だってぇ、まだまだ発展途上《とじょう》なんだからぁ。こんな事に使うぐらいならぁ、研究手伝ってよぅ」

「こんなことって……」

「第一ぃ、北にある洞窟探索《どうくつたんさく》だってぇ、ハーフフットの一件でお預けなんだからねぇ？」

そりゃわかってるよ。でもさ、もう少し暖かくなってから探索《たんさく》に行ったほうがいいんじゃないか？

「そんな悠長《ゆうちょう》なこといってぇ、誰《だれ》かに先を越《こ》されたらどうするのよぅ？」

「こんな辺境、誰もこないって」

「とーにーかーくっ！　探索の予定、早々に組んでよねっ⁉」

フーンだ、と踵《きびす》を返し、そのまま出ていってしまうソフィア。申し訳無さそうに頭を下げつつ、グレイスがその後を追っていく。

まあ、冷静に考えれば、こちらの世界の人たちには理解できない装置だろうな、コレ。

ソフィアとグレイスが胡散臭《うさんくさ》げに見ていた代物《しろもの》――日本では馴染《なじ》み深《ぶか》い、回転寿司《ずし》のレーン式テーブル――が、オレが作っていた装置の正体である。

といっても、そんな大掛かりなものではない。

その仕組みはこうだ。〝O《オー》〟の形をしたテーブルを囲むようにレーンを敷《し》き詰め、水を流し入れたら、その上をベルトで覆《おお》う。

水流の力でベルト部分が回転していくという単純なものである。水車を真横に倒した感じといえばイメージしやすいかな？

ベルト部分は、底に羽根のついた木板を作成し、一枚一枚繋ぎあわせて完成させた。風の魔法石によって作られた水流が、木版の底にある羽根にあたり、レーン上を延々と周回していく。名付けて『水流式回転テーブル』である！

……もっとも、ただそれだけの装置でしかないので、口で説明してもその良さがわかってもらえないのが難点なんだけどね。

レーンの上をぐるぐる回り続ける寿司《すし》を見れば、楽しい気分になること間違《まちが》いなしなんだけどなあ？

もっとも、魚はあってもコメはないので、寿司は用意できないけれど。別の料理がベルトの上を流れていくだけでも、楽しさは十分に伝わると思っているので、オレとしては早くみんなにお披露目《ひろめ》したい心境なのだ。

「タスク～、お客さんがきたわよ……って、なによコレ!?」

振り返った先に、パタパタ空中を漂《ただよ》うココの姿が見える。

「最近、集会所にこもりがちだと思っていたら、こんなものを作ってたの？」

「まあな。それよりお客さんって？」

「あ、そうそう。いつものおじさんが来たわよ。ほら、あの〝将棋《しょうぎ》おじさん〟」

……賢龍王《けんりゅう》を〝将棋おじさん〟呼ばわりかい。爵位《しゃくい》とか立場とか、妖精はそういうのを気にしないのかな。

ともあれ、ナイスタイミングには違《ちが》いない。ジークフリートを集会所まで案内するようココに頼《たの》んでから、オレは『水流式回転テーブル』を披露《ひろう》する準備に取り掛《か》かった。


「寿司という料理と、それを安価に楽しめる食堂がある、という話はハヤトから聞いた覚えがあるのだが……」

椅子《いす》に腰掛《こしか》けたジークフリートは、目前を回る木板のベルトを怪訝《けげん》そうに見つめている。

「まさか実際にこの目で見るとは思わなかったな」

「コメがないんで寿司はできませんけどね。気分だけでも味わってください」

隣《となり》に座るゲオルクが興味深そうに、ベルトの隙間《すきま》を覗《のぞ》いた。

「なるほど。水流でベルト部分を周回させるのか。興味深い発想だ」

「木板同士を繋ぎ合わせているので揺《ゆ》れることはないんですけど。もし料理が下に落ちてしまっても、水流式なら掃除が楽ですからね」

得意げに説明しながら、オレは視線をわずかに動かし、ゲオルクの横を見やった。ファビアンと、奥さんたち四人が揃《そろ》って腰《こし》を落ち着かせていたのだ。……みんな、なんでここにいるの？

「私が教えたのよ。タスクが面白そうなものを作ったから見に行ったらどうって」

オレの右肩《みぎかた》にちょこんと腰を下ろし、ココが胸を張って応じる。

「楽しげな集まりに妻を呼ばないとは、おぬしも甲斐性《かいしょう》がないのぅ」

「そうだそうだ〜☆」

「わ、私は美味《おい》しいものが食べられるのかなって思って」

「ボクはタスクさんの作ったものに興味があっただけですよ⁉」

四者四様の反応を見せる奥さんたち。いや、まあ、いいんですけどね。

「ほらほら、タスク君。麗《うるわ》しの女性たちが楽しみにしてるよ。早く始めてくれたまえ」

ファビアンは前髪《まえがみ》をかきあげて、料理を促《うなが》している。言われなくてもわかってるって。

「はいはい、それじゃあ始めましょうかねえ」

そうして『回転寿司』ならぬ『回転食事会』の幕は開けた。オレの作った料理の数々がベルト部分に乗って、レーンの上を流れていく。

料理とはいっても、おつまみのような小皿料理が主体である。スペイン料理の『タパス』みたいな感じだ。

バゲットの上にマリネを乗せて串《くし》を刺《さ》したものや、白身魚のフライにタルタルソースを掛けたもの、一口大に切った鶏肉《とりにく》を香草《こうそう》焼きにしたものなどなど……。

鮮《あざ》やかな見た目を心がけ、レーンの上を回転する様を楽しんでもらえるような料理を用意したのだが、どうやら大正解だったらしい。

もっとも、最初のうちはレーンの上を流れていく小皿料理を、どうやって食べていいのかわからなかったらしく、「気に入った料理があったら、皿ごと取って自由に食べて」という説明を聞いてからは、次から次へと手が伸《の》びるようになった。

気がつけば、ジークフリートの持参したワインを片手に、思い思いに料理を楽しみながら、次はどれを食べようかなんて話をしながら、楽しげにレーンを眺めている。

食べ終えた小皿がどんどんと積み上げられていく様は、日本の回転寿司と変わらず、オレはその光景にちょっとした感動を覚えるのだった。

「タスクっ！　これは楽しい上に、実に美味しいなっ！」

瞳《ひとみ》をキラキラと輝《かがや》かせ、猫耳《ねこみみ》をぴょこぴょこと動かし、アイラが歓声《かんせい》を上げている。

「ウンウンっ♪　見た目も超《ちょう》イケてるし！　テンション上がるよねっ☆」

「ち、ちょっとずついろんな料理が食べられるのも嬉《うれ》しいです！」

「こんなステキなものを作れるなんて……、やっぱりタスクさんはスゴイです！」

次々に声を上げる奥さんたちの横では、ココが夢中で料理を頬張《ほおば》っている。

ジークフリートとゲオルクも、このスタイルがすっかり気に入ったらしく、ガハハハと豪快《ごうかい》な笑い声を上げながら、ハイペースでワインをあおっては、レーンを流れる皿に手を伸ばすのだった。

そんな中、ただひとり押《お》し黙《だま》ったままの人物がいた。そう、ファビアンである。

顎《あご》に手を当て、ずっと何かを考え込んでいる様子なのだ。

「どうしたファビアン。口に合わない料理でもあったか？」

声を掛けたところ、「いや、そういうわけではないんだ」と頭を振ってから、ファビアンは白い歯をのぞかせた。

「タスク君。相談があるのだが……」

「どうした？」

「この装置、ボクに譲ってもらえないかな？」

譲ってはもらえないか……って、ご覧の通り『水流式回転テーブル』は相当にデカいし、解体するのも組み立てるのも大変だぞ？

もしかして、例のハイエルフ四人組とパーティでも開くつもりなのかと聞いたところ、ファビアンは微笑みを浮《う》かべつつ、それを否定した。

「そうではないんだ。非常に興味深い食事の形式を体験させてもらったからね。これを使って、新しいビジネスができると閃《ひらめ》いたのだよ」

「ビジネス？」

「そう、ビジネスさ。ああ、こうしちゃいられない！　このインスピレーションが消えないうちに、早く計画書をまとめなければっ！」

とにかく前向きに検討してくれたまえよと続けた赤髪のイケメンは、ジークフリートとゲオルクに頭を下げ、オレの奥さんたちに対しては、美人と離《はな》れてしまうことがどれほどに辛《つら》いかを散々力説した後、颯爽《さっそう》と集会所を出ていくのだった。

……人の嫁《よめ》さんにそんなことをのたまう余裕《よゆう》があるぐらいだったら、その計画とやらを少しは話していってもいいんじゃないかと思うぐらいだけど。

「心配いらんだろう」

年代物のワインで満たされたグラスを片手に、ジークフリートが呟《つぶや》く。

「ああ見えて、商才は確かなものだ。悪いようにはせんよ」

「はあ……」

「父親として、時折不安に思うこともあるけどね」

何本目になるかわからないワイン瓶《びん》を取り出しながら、ゲオルクが口を開く。

「ああいう性格に反して、仕事だけはきっちりこなす息子《むすこ》だ。信じてやってはくれないかな？」

「そりゃまあ、頼《たよ》りにはしてますけれど」

実際問題、ハイエルフの国との交渉《こうしょう》は完全にお任せ状態だからな。本業の方はどうかしらないけど、この領地の仕事に関しては十分貢献《こうけん》してくれている。

「とはいえ、だ」

空のグラスに赤い液体を注ぎながら、ゲオルクは続けた。

「カミラに聞いたが、移住の話などでタスク君も多忙だそうじゃないか。ファビアンのお守りに労力を割《さ》くのも大変だろう」

「そういうわけでは……」

「いやいや、いいんだ。父親として、せめて息子が迷惑《めいわく》を掛けないよう、できるだけのことはしよう」

それはどういう意味なんだろうかと尋《たず》ねるよりも先に、ゲオルクはジークフリートに視線を向ける。

「……おい、ジーク。飲んでばかりじゃなくて、お前もタスク君に話があるんだろう」

「ん？　ああ、そうだったそうだった。タスク。そなたに渡《わた》すものがあってな」

「渡すもの？　お土産《みやげ》とかですか？」

「惜《お》しい。似たようなものだがな」

ほろ酔《よ》い気分で、空中に魔法のバッグを出現させた王様は、アレでもないコレでもないと中を手探《てさぐ》りしながら、ようやく目当てのものらしき小さな木箱を取り出した。

「ほれ、これだ」

ジークフリートが放《ほう》り投《な》げたそれをキャッチするため、オレは慌《あわ》てて両手を差し出したのだが……。

……重っ！　えっ⁉　なにコレ、すんごく重いんですけどっ？

その大きさとは不釣《ふつ》り合いの重みに驚《おどろ》きながら、恐る恐る木箱の蓋《ふた》を開けると、そこには龍《りゅう》をあしらった銀細工の装飾品《そうしょくひん》が入っていた。

「……なんですか、コレ？」

「子爵《ししゃく》の勲章《くんしょう》だ」

……はい？　なんですって？

「だから、子爵の勲章だと言っておる。本日をもって、そなたを子爵に任ずる」

「どうしてです？」

「不満なのか？」

「不満もなにも、突然《とつぜん》のことで混乱しているといいますか」

ジークフリートが言うには、領主としてのこれまでの功績を称《たた》えてだということ、らしい。

交易路の開拓、難民の受け入れ、特産品の開発……ｅｔｃ。評価すべき点が多く、とにかく爵位の授与《じゅよ》がふさわしいと。

「以前も言ったが、爵位なんぞほぼ形骸化《けいがいか》しておるからな。一種の名誉《めいよ》みたいなものだ。あまり深く考えずに受け取るがいい」

笑いながらワイングラスを口に運ぶジークフリート。王様がそれを言っちゃいますかね。

とはいったものの、なんといいましょうか。放り投げて渡される勲章もどうかと思いますよ、オレは。男爵《だんしゃく》の時もそうだったけど、ありがたみが無いといいますか。

「宮殿《きゅうでん》に招いて授与式《じゅよしき》を開くのは、そなたの趣味ではなかろう。だからこそ、ワシ自ら持ってきてやったというのに」

「配慮《はいりょ》してくださったんですか」

「当たり前だ。義理とはいえ、ワシの息子だからな！」

喉元《のどもと》に一気にワインを流《なが》し込んだジークフリートは、「それはそうと」と、前置きしてから続けた。

「息子が子爵になったためでたき日だ。記念に一局指そうではないかっ」

「あ。やっぱりそっちがメインなんですね」

「本題は爵位の授与、将棋はあくまでオマケだ、オマケ。いいから行くぞっ！」

ガハハハハと豪快に笑いながら席を立つジークフリート。まったくもう、言い出したら聞かないもんなあ、お義父さんも。

とりあえずジークフリートとゲオルクのふたりには、先に来賓邸へ向かってもらい、オレはここを片付けることに。

残った四人の奥さんが手伝いを申し出てくれたのは助かるけど、反面、義父との対局が長くなりそうで怖くもある。程《ほど》よいところでゲオルクが止めてくれることを願おう……なんて、淡《あわ》い期待を抱《いだ》いていたのだが。

深酒したせいか、こういう日に限ってゲオルクは先に寝《ね》てしまい、オレは「よし、もう一局やろう」というジークフリートからの言葉を夜明けまで聞かされるハメになるのだった。

眠《ねむ》い頭で指す将棋ほど苦痛なものはない。頭なんぞロクに働かないしなあ。

こんな状態でファビアンから新ビジネスについての話を聞かなきゃならないのかと、フラフラしながら自宅へ戻《もど》ったものの、この日、ファビアンは姿を見せず。

ようやく現れたのはそれから更《さら》に二日後のことで、打ち合わせをしようかと呼び出された場所には、なぜかベルも同席していたのだった。

第10章　戦闘執事のハンス

「どうしてここにベルがいるんだ？」

ファビアン宅のリビングで、ちょこんと椅子に腰掛けているダークエルフは、オレを見るなり得意げな表情を浮かべた。

「どうしてって、お仕事頼まれたからに決まってるし☆」

「仕事？」

「うん♪　あのね、制服のデザインっ！」

アハッ★と、ウインクするベルの隣に腰掛けつつ、何の制服をデザインしたのか聞き返そうとした矢先、仰々《ぎょうぎょう》しいポージングとともにファビアンがその姿を現した。

「やあやあ、諸君。待たせたかなっ⁉　だがしかしっ！　主役というのは最後に登場する運命《さだめ》にあるからねっ！　多少は待ってもらわないと困るのだよっ！」

……いちいち前置きが長いんだよなあ。後ろに控《ひか》えるカミラなんて氷点下の眼差しを向けてるし。一緒《いっしょ》にいて疲れないのかね？

一歩進むごとにバラの花びらでも舞《ま》っているんじゃないかと錯覚《さっかく》するような足取りで、こちらに足を運ぶイケメンを眺めやりつつ、オレは早々にため息をついた。

「どうでもいいがな。お前の怪《あや》しいビジネスとやらに、オレの奥《おく》さんまで巻き込むなよ」

「おや、怪しいとは心外だな。まだ断片《だんぺん》すら話していないだろう？」

「やかましい。『水流式回転テーブル』を譲ってくれって言ったきり、突然姿を消された挙げ句、いきなり呼び出しを食《く》らった身にもなってみろ」

「いやいや、そうか。これは失礼したね。何も君を放置していたわけではないのだよ、タスク君。準備に奔走《ほんそう》していたのさ」

ファビアンはテーブルへ書類を差し出して、それを読むように促した。

「『水流式回転テーブル』を用いた酒場の出店計画……？」

「そうさ、それこそ、ボクが閃いたアイデアを具現化したものっ！　画期的かつ、華麗《かれい》なビジネスっ！」

ペラペラと書類をめくり、内容に目を通していく。要約すると、次のようなことが記載《きさい》されていた。

・新しいスタイルの酒場を出店する。

・客層は中流階級以上をターゲットに。
・注文を取るのは酒類のみ。
・料理やつまみ類などは小皿へ乗せて、ベルト上に流す。
・客は気に入った皿をその場で取り、自由に飲食する。
・料理は均一価格にして、会計をしやすいように配慮。

……どこからどう見ても、日本の回転寿司とほぼ変わらない営業スタイルです。本当にありがとうございました。

とはいえ、この世界では革新的な外食形態なんだろうな。ファビアンがいつも以上にドヤ顔を決め込んで、こっちの様子を伺《うかが》っているし。

「どうだい？　素晴《すば》らしい案だと思わないかい？」

こちらの反応を待ちきれないといった具合で、ファビアンが口を開く。

「タスク君が作ったあの装置を見た時、ボクの脳裏《のうり》には金貨の降り注ぐ音が聞こえたんだ……。この新形態の酒場は間違いなく大繁盛《だいはんじょう》するだろうってね」

「うん、まあ、そうだろうなあ」

日本の回転寿司も盛んだし、海外だと回転寿司のテーブルを使ったチーズバーもあるそうだから、間違いなくウケるとは思うけど。

「前にアルフレッドから聞いた時、酒場で提供される蜂蜜酒《ミード》やエールの価格を聞いたんだけど。あれって一杯あたり銅貨二枚程度なんだろう？」

「そうだね。それがどうかしたのかい？」

「この書類に書かれている想定客単価が銅貨三十～四十枚ってなってるからさ。そんなにお金を使う客がいるのかなって」

客単価とか回転率なんて文字を久しぶりに見たなと思いつつ疑問を呈すと、ファビアンは軽く前髪をかきあげた。

「心配いらないさ。そこに書いてある通り、想定する客層は中流階級以上。金銭的に余裕のある人たちがターゲットだからね」

「うまいこと来てくれるもんかね？」

「来るね、必ず来る」

強い口調でファビアンは断言する。

「暮らしにゆとりのある人たちは娯楽《ごらく》に飢《う》えているのさ。新しいものには必ず飛びつくものだよ。母上たちがハーバリウムに飛びついたようにね」

店には高級感を演出するため、ドアマンを用意し、店員の制服も最先端のものを取り入れるそうだ。

「そこでお願いしたのが、君の奥方《おくがた》であるベル嬢《じょう》さ」

「ベルに？　何でさ？」

「ベル嬢はいまや、龍人族の首都では知らないものはいないほどのデザイナーだからねっ！」

振《ふ》り向いた先には、ピースサインを向けるベルの笑顔《えがお》が。そういえば、アルフレッドからちょくちょく服の依頼を受けているって前に聞いていたけど。

「彼女《かのじょ》がデザインした『ベルマーク』ブランドは、上流階級のトレンドになっているのだよっ！」

……そのブランド名だけは止めなさいって言ってたんだけど、結局はその名前にしちゃったのか……。

ともあれ、ベルがデザインした制服なら相当に格があり、来店する客も上品でユニークな店に来たと感じるだろう。

高級路線を打ち出しつつ、飲食店として成功を収めるために色々考えているんだなあなんて感心を覚えていると、ファビアンはさらに話を続けた。

「実はもう、店舗《てんぽ》の契約《けいやく》も済ませていてね」

「行動が早すぎだろ」

「善は急げさ。おかげで最高の立地を押さえることができたよ」

アッハッハと高らかに笑う赤色の長髪《ちょうはつ》をしたイケメンは、突如《とつじょ》、真剣《しんけん》な顔つきに変わり、テーブルへ身を乗り出した。

「そしてここからが重要なんだが」

「まだあるのか」

「必ずこの形態は大繁盛する。それは間違いないんだ。問題はここから先のことでね」

繁盛《はんじょう》すれば繁盛するほど、二番煎《せん》じとして、似たような商売を始める者が続出するだろう。

「その際、元祖といえる僕《ぼく》たちがどう打って出るかなんだが」

「訴《うった》えでもするのか？」

「いやいや。むしろ認めてしまえばいいのさ」

ニヤリと笑うファビアン。

「我々と同じ商売をやりたいという人たちを、こちらから募《つの》ってしまえばいいんだよ」

二番煎じで始めようとしても、装置やノウハウはない。結局のところ失敗するのは明らかだ。

そういった人たちを集め、こちらからノウハウを提供する代わりに金銭を支払《しはら》ってもらい、回転酒場の支店として営業する権利を認める。

出店したい側は回転酒場としてのブランド名を使えるだけでなく、装置やノウハウを入手できるので、経営を軌道《きどう》に乗せやすくなるというメリットがある。

一方こちらは、引き続き最初の店舗だけを経営していればいい。支店は他の人が運営してくれるので、労力は掛からず、権利使用料だけが懐《ふところ》に納まる。

「経営状態にかかわらず、契約している期間内は必ず使用料を支払ってもらうとか、材料の仕入れはタスク君の領地から行わなければならないなどを付け加えれば、収支はさらにアップするだろう。素晴らしい考えだとは思わないかっ⁉」

興奮気味にまくしたてるファビアンの顔を眺めやりつつ、オレはファビアンが革新的な考えの持ち主だという事実にあらためて気付かされた。

だって、どう考えてもフランチャイズ的発想だもんな、その商売のやり方って。しかもかなり、悪徳なやつ。

経営状況《じょうきょう》に関わらず、契約期間内は使用料支払うとか、どれだけ金を搾《しぼ》り取る気だよ。最悪、相手の店舗が潰《つぶ》れたところで、こっちは「知らんがな。金だけは支払い続けろよ」って話なわけだろう？

確かにこの世界では斬新《ざんしん》な商売の方法かも知れないだろうけどさ、もっとまともなやり方だってあると思うわけだよ、オレは。

「せめてもう少し内容を考え直そう。財務担当のアルフレッドからも意見を聞きたいし」

「なんだいなんだい、タスク君？　僕の考えたエレガントでパーフェクトな計画書に不備があるとでも？」

「違うって。そうじゃないけど、違う人の考えも聞きながら、より良い計画を立てたほうがいいんじゃないかって」

「……ご心配には及《およ》びません」

それまで口を閉ざしていた戦闘《せんとう》メイドが、間に割って入った。

「こうなることを見越《みこ》して、あるお方をお招きしました」

「あるお方？」

「はい。ご当主様が直々にお願いされたそうです」

聞いていないとばかりに戸惑《とまど》いの色を滲《にじ》ませるファビアン。……そういえば、この前、ゲオルクが言ってたなあ。息子が迷惑をかけないよう、できるだけのことはしようって。

お呼びしてもよろしいですかと尋ねるカミラに、オレは頷《うなず》いて応じる。

程なくしてリビングへ姿を現したのは、穏《おだ》やかな顔に不釣り合いの隆々《りゅうりゅう》とした体躯《たいく》が特

徴的な、執事服《しつじ》をまとった初老の男性だった。

目尻《めじり》にシワも目立つものの、キビキビとした所作や凛《りん》とした佇《たたず》まいは、壮年期《そうねんき》のそれと何ら変わらず、実年齢《じつねんれい》をうかがい知ることはできない。

ゲオルクやカミラとはどういう関係なのだろうかと考えていた矢先、椅子から転げ落ちながら、驚きの声を上げる人物がいた。

「げぇっ！　ハンスっ！」

ファビアンはそう言うと、驚天動地《きょうてんどうち》のお手本と言わんばかりの表情を浮かべている。

オレはオレで、「げぇっ！」なんて、横山光輝《よこやまみつてる》先生の『三国志』でしか見たことないなあとかぼんやり思いつつ、自慢《じまん》の頭髪《とうはつ》がすっかり乱れたファビアンと、ロマンスグレーの頭髪をオールバックにきっちりまとめた執事を交互《こうご》に見やるのだった。

「お久しぶりですなあ、ファビアン様」

「ど、どうしてハンスがここに……!?　い、引退したはずじゃ……？」

ワナワナと声を震《ふる》わせるファビアン。とてもじゃないけれど、冷静さを取り戻せる余裕はないみたいだ。

オレは目配せしてカミラを呼び寄せてから、あの執事が何者なのかを尋ねたのだった。

「ハンス様はゲオルク家にお仕えしていた執事でございます。戦闘執事協会でも伝説の執事として有名でして」

……色々ツッコミどころはあるんだけど、ひとつひとつ解決していこう。

「戦闘執事協会って、戦闘メイド協会みたいなもんか？」

「はい。どちらも天界族が管理する組織になっております」

ゲオルク家からの要望で派遣《はけん》されることになったハンスは、主に子どもたちの教育係を任されていたそうだ。

礼儀《れいぎ》作法や勉学だけでなく、戦闘の心得など。厳しく指導にあたっていたことから、いまでも頭が上がらない人物が多く、特にファビアンはその性格から極《きわ》めて厳しく指導を受けていた。

なるほど、一種のトラウマみたいなものかと納得《なっとく》してから次の質問を投げかける。伝説の執事っていうのは？

「ハンス様はかつて、陛下とご当主様の大喧嘩《おおげんか》を素手《すで》で制止した経験がございまして」

ジークフリートとゲオルクの大喧嘩？

「……古龍同士の？」

「はい」

「死人が出るよ？」

「ハンス様は健在であります」

見ればわかるよ。マジっすか……。見た目は温厚《おんこう》そうなのに、ムチャクチャ強い人なんじゃないか。

「陛下もゲオルク様も、ハンス様の戦闘能力には一目置かれておりまして。できるだけ長く家のことを任せたいと願われていたのですが……」

自分は老骨の身、あとは後進に任せる。そう言い残し、昨年末に引退していたらしい。

「ゲオルク様よりお話を伺いましてな。たいへん興味深い人物がいる、今後はその人物の力になってくれないかと」

ファビアンと言葉を交《か》わしていた老執事は、わずかに身体の向きを変え、今度はこちらを見やった。

「聞けば異邦人《いほうじん》だというではないですか。天界族にとって、異邦人にお仕えするのはまたとない僥倖《ぎょうこう》。謹《つつし》んでお受けした次第《しだい》です」

挨拶《あいさつ》するために立ち上がったオレの手を取り、ハンスは力強く握手《あくしゅ》を交わす。

「お目にかかれて光栄です、タスク様。ハンスと申します。カミラともどもよろしくお願いいいたします」

「こちらこそよろしくお願いし……」

「早速《さっそく》ですが、子爵。一点、ご進言させていただきたいことが」

オレの言葉を遮《さえぎ》りながら、ハンスは穏やかな声で続けた。

「子爵はここの領主でもあられます。身分の高い位《くらい》におわせられます。御自《おんみずか》ら席を立ち、自分より立場の低い者を出迎《でむか》えてはなりません」

「……はい？」

「子爵は大変にお優《やさ》しい方と伺っております。私を歓迎《かんげい》される意味で席を立たれたのでしょう。ですが、時と場合によっては、かえってそれが礼儀に反《はん》することを覚えていただきたく」

そう言ってハンスはうやうやしく頭を下げた。こっちはこっちで、突然の指導に面食らう。

厳しいというのはこういうことなのかと実感しながらも、確かにこちらの世界の礼儀作法について無教養だったなと素直《すなお》に反省。

「いや。ためになった。これからも色々教えてくれると助かる」

「恐《おそ》れ入ります。意見具申《ぐしん》でご気分を害するやもしれませんが、予《あらかじ》めご了承《りようしよう》くださいませ」

オレは再び椅子へ腰を下ろし、ハンスに視線を向けた。

「ゲオルクから頼まれてということは、オレの教育係に就《つ》くと考えていいのか？」

「いえ。私めは執事にございます。執務《しつむ》の補助をお任せ願えれば」

ハンスの一言に反応したのはファビアンで、倒《たお》れたままの身体をようやく起こしながら、赤色の長髪をかきあげた。

「そ、そうだね！　それがいい！　タスク君も忙《いそが》しくなってきたことだし、専用の執事が側にいるのは心強いだろう！」

「ファビアン様。タスク様にお仕えするのはカミラですぞ？」

「へぇっぁ⁉」

「当然でございましょう。異邦人にお仕えできるのは、これ以上ない学びとなります。その役目を後進に譲《ゆず》らなくてどうするのです」

これからよろしくお願いいたしますと、微笑《ほほえ》みながら頭を下げるカミラと、対照的に張り付いた笑顔を浮かべるファビアン。

「す、す、するとだね……。は、は、ハンスは、いったい、誰につくのかなぁぁ？あっ？　クラーラか？　我《わ》が愛《いと》しの妹、クラーラだろうっ⁉」

「クラーラ様がご希望ならば、別の者を呼び寄せます。この老骨めはさしあたってファビアン様のお側《そば》にいようかと」

「ダメだ、ダメダメダメっ！　み、認めないぞっ⁉　ぼ、僕はそんな事認めないからな！」

「ご当主様の直々のご命令でございます。ご不満は直接申されますよう」

再び床《ゆか》へ崩《くず》折れるファビアン。顔からは完全に血の気が引いている。そしてその顔を眺《なが》めながら、うっとりと恍惚《こうこつ》の表情を浮かべていたのはカミラで、この戦闘メイドのドSっぷりをいまさらながらに思い知らされるのだった。

しかしなあ？　ファビアンもあんなに嫌《いや》がることはないだろうに。その昔、一体なにをされたんだろうか。

倒れ込《こ》んだファビアンを放置したまま、ハンスはテーブル上の書類を手に取ると、それらに目を通していく。

「ふむふむ、なるほど、そうですか……。早速ではありますが、仕事に取り掛からせていただきましょうかな」

ファビアン自慢の華麗で完璧《かんぺき》な計画書のあちこちに、注釈《ちゅうしゃく》と修正が加えられていく。

ハンスが取り掛かった最初の仕事は事業計画の添削《てんさく》で、赤ペン先生も裸足《はだし》で逃《に》げ出すほどに、容赦《ようしゃ》のない指摘《してき》が書き加えられていった。

「いけませんなあ、ファビアン様。新しいビジネスを思いつかれたら、まずは誰《だれ》もが幸せになる方法を考えるように。そう教えたはずですが……」

執事の言葉に、ただただ黙って頷くことしかできないファビアン。例のフランチャイズ計画は丸ごと見直されることになった。そりゃそうだよな。

しかし、なにより驚いたのはハンスの手腕《しゅわん》だ。この領地の財務状況や、作物の収穫高《しゅうかくだか》、備蓄《びちく》情報、交易の内容についてまで把握《はあく》しており、適切な数値を導き出している。

「こちらへ来る前、アルフレッド君に帳簿《ちょうぼ》を見せてもらうように頼んでいたのですよ。財務を担当しているのは彼《かれ》ですからね」

「それだけで全部把握できるのか？」

「そうですね。おおまかに、ですが」

謙遜《けんそん》しているようにしか聞こえないんだよなあ。そんな話をしている間に、添削は終《しゅう》了《りょう》してしまった。

水流式回転テーブルを用いた酒場自体は問題ない。だがしかし、予想収支の見直しや、フランチャイズ計画を抜本的《ばっぽんてき》に考え直すことなどが盛《も》り込まれた内容に目を通しながら、オレは思わずため息をついた。

「見事なもんだなあ」

「恐れ入ります」

「執事ってこんなこともできるのか」

「ご要望にお応《こた》えするのが、私の仕事ですので」

静かに微笑んでハンスは応じる。伝説の執事というのも納得だ。

「少し聞きたいんだけど。ハンスはこの領地についてどう思う?」

これだけ優秀《ゆうしゅう》な人物なのだ。領地運営に関しても貴重なアドバイスがもらえるだろう。

そう思って尋ねてみたのだが。

「開拓《かいたく》は領主であるタスク様のご裁量によっておこなわれるべきかと。私如《ごと》きが意見するようなことはなにも」

「そう言わずに。みんなの力を借りたいんだ。些細《ささい》なことでもいいから、気になるようなことはないかな?」

「そこまで仰《おつしや》るのであれば、一点だけ……」

そう前置きしてから続いたハンスの提案は、だがしかし、決して目新しいものではなく、オレは先程《さきほど》とは異なる意味でため息をついた。

「取り急ぎ、領主邸《てい》を建《た》て替《か》えられてはいかがでしょうか?」

第11章　新たな領主邸

程よく木材の風合いを感じられる二階建ての自宅を眺めやり、オレは腕組《うでぐ》みをしたまま首を傾《かし》げた。

「そんなにボロくないと思うんだけどなあ……」

それとなく呟いた一言に、並び立つアイラが反応する。

「住めば都と言ったのはおぬしではないか。なにをいまさら気にする必要があるのじゃ？」

オレもそう思うんだけどさ。みんながみんな、領主の住まいとしてはふさわしくないいって言うんだもん。

この前、ハンスにアドバイスを求めた時だって、真っ先に自宅の建て替えを勧《すす》められた上、ダメ押しにこんなことを言われたんだぞ？

「領主として清貧を心がけておられるのはご立派です。しかしながら、ある程度、外聞は整えていただきたいのです」

「いまの自宅は、領主の住まいとしてふさわしくないっていうのか？」

「正直申し上げて、粗末《そまつ》かつ貧相ですな」

思わずムッとしてしまう。転移した初日に苦労して建てた『豆腐《とうふ》ハウス』から、増改築を重ねに重ね、こだわり抜《ぬ》いた住居に仕上げたつもりなのだ。

「子爵のお気持ちはわかります。ですが、外からやってきた者は、その心中を理解できますまい」

「………………」

「領地の長が、みすぼらしい小屋で暮らすことに満足していると誤解を招きかねません」

「みすぼらしいって……」

「非礼を承知で申し上げております。しかしながら、人となりを知るより前に、第一印象で態度を変える者が多くいることも、また事実なのです」

服装と同じように、住居もまた、領主の外見を表すひとつの要素であるとハンスは続ける。

「ボロ布の服をまとう者に対して、親しくなるよりも、尊大かつ横柄《おうへい》に望んだほうが得である。そのような考えを抱かせてはなりません」

「相手に舐《な》められないためにも、見栄《みば》えは大事って話だな」

「端的《たんてき》にまとめれば、そうなりますな」

最終的なご判断をされるのは子爵ですがと締《し》めくくり、ハンスは頭を下げた。

でもなあ、そんなに貧相な自宅かなと思うんだよね、オレは。

そりゃあ確かにさ、新しく建てたみんなの家のほうが立派ですよ。一軒《けん》一軒に、オレのモノ作りに対するこだわりが詰《つ》まってるもん。それは認めますとも。

だとしてもだよ？　それらと比べたとしても、決して見劣《みおと》りするような外観じゃな……いや、じっくり眺めてみると意外にボロボロだな、これは……。

木材の色が突然変わる境目とか、明らかに増改築しましたって感じがありありとわかるし、統一感のない装飾《そうしょく》とか、カオスの一言に尽《つ》きる。

「なあ、アイラ。お前は今の家に不満とかないのか？」

自宅とのにらめっこに飽《あ》きたらしい猫人族《ねこじん》は、しらたまとあんこの身体を撫《な》でながら、無感動に応じた。

「別にないの。ここに来るまで家というものもなかったし」

「あっ、そう……」

「こんなところでぼーっと突《つ》っ立って……。なにしてんの、アンタ？」

呆《あき》れるような声に振り返った先には、白衣をまとったクラーラの姿が見える。

「クラーラこそ、そんな格好でどこをうろついてたんだ？」

「失礼ねえ。研究のために、ワインの醸造所《じょうぞうじょ》へ行ってきたのよ」

発酵《はっこう》の勉強のために、ダリルとアレックスと話をしてきたらしい。

「例の味噌《みそ》と醤油《しょうゆ》ってヤツ。微生物《びせいぶつ》とか菌《きん》とか、理屈《りくつ》はわかっても作りようがないのよ」

麹菌《こうじきん》って言われたところで困っちゃうわとはクラーラの弁。そりゃそうだよな、オレも味噌と醤油の材料や作り方は知識として知っているけど、実際に作った経験なんてないし。

なんだっけ？　醤油に使われている麹菌って日本固有の菌だったような？　そういったことを考えると、こちらの世界で同じものができるのかイマイチ不安でもある。

「ま、いいわ。いい刺激《しげき》になって退屈《たいくつ》しないし、いずれなにかの役には立つでしょう」

白衣の両ポケットに手を突っ込んで、クラーラは軽くため息をついた。

「で？　アンタらはさっきから自宅とにらめっこ？　もしかして暇《ひま》なの？」

酷《ひど》い言われようだな。……まあいいや、なにかしらの助言がもらえるかも知れないと思い、オレはクラーラに経緯《いきさつ》を打ち明けた。

耳を傾《かたむ》けていたクラーラは、大して興味も無さそうに「フーン」と応じると、投げやり気味に続けてみせる。

「いいじゃない、建て替えれば。そのほうが都合がいいんでしょう？」

「簡単に言うなよな。オレだって、いまの家に思い入れがあるんだからさ。取り壊《こわ》してまで建て替えようだなんて」

「だったら残しておけば？」

「……は？」

「新しい家を建てて、そっちに引っ越《こ》しちゃえばいいのよ。アンタ、樹海《ここ》がどれだけ広いと思ってるの。この家を残しておいたところで不都合なんかどこにもないじゃない」

……確かに。その発想はなかったな。増改築を繰《く》り返してきたから、いまの家をなんとかしなければってことで頭がいっぱいだったわ。

「いや、でもなあ」

「なによ？　まだなんかあるの？」

「新しい家を建てるのはいいけど、そこで暮らすのはオレと奥さんの五人だぞ？」

「それが？」

「領主にふさわしい家を建てろっていうのはわかるけどさ、あんまり豪華《ごうか》な家に五人だけで暮らすというのは気が引けるというか……」

ハンスの言い分も理解できるけど、広い家で暮らすという想像だけで、なんかもう疲《つか》れてしまうというか。

貧乏性《びんぼうしょう》といえば仕方ないのかもしれないけれど、こぢんまりとしたところが落ち着くし、なにより少人数ならそれなりの家で十分なんだよな。

するとクラーラは白藍色《しらあいいろ》のショートヘアを揺《ゆ》らしてから、仕方ないわねと言わんばかりに大きなため息をつくのだった。

「同居する人数が増えれば、大きな邸宅《ていたく》でも問題ないってこと？」

「うーん……。まあ、そうなるのか？　人数が増えればある程度の広さは必要だしな」

「だったら、私も一緒に暮らすわよ。それならいいんでしょう？」

予想外の提案に、オレは思わず目をぱちくりとさせた。

「なによ？　ご不満？」

「ご不満もなにも……、意外というかなんというか」

「ふむ、そなたのことじゃから、タスクと同居するのは嫌がると思っておったんじゃがの？」

同意するようにアイラが相槌《あいづち》を打つと、クラーラは軽くそっぽを向いた。

「べ、別に嫌じゃないわよ。いまだって、食事も一緒だし、ほとんど同居しているようなものじゃない」

「それもそうじゃの……」

「ヴァイオレットやフローラだって一緒に暮らしたほうがアンタだって安心できるでしょ？　世話役のカミラやハンスの部屋も必要になるわ」

そのぐらいの大所帯なら、広々とした家を建てたところで誰も文句は言わないでしょと、クラーラは声を荒《あら》げる。そんなにムキにならなくたっていいじゃないか。

「あっ！」

「……？」

「私、いま、スゴイことに気付いちゃったんだけど！」

「なにがだ？」

「アンタと一緒に暮らすってことは、リアちゃんとも一緒に暮らせるってことよね!?　これはつまり夜這《よば》いし放題じゃなっ……痛っ！」

言い終える直前、会心のチョップが、サキュバスの頭上に放たれた。しゃがみこんで悶《もだ》えるクラーラを眺めやりながら、オレは声を上げる。

「人の嫁《よめ》さんに手を出そうとしたら、父親直伝《ゲオルク》のチョップをお見舞《みま》いするからな」

「もうしてるじゃないっ！　ほんっとに、痛いんだからねっ！」

涙目《なみだめ》で頭を擦《さす》るクラーラ。上手《うま》くは言えないが、これはこれでクラーラなりに気を遣《つか》ってくれているのかもしれないな。……多分だけど。

とにもかくにも、クラーラたちが一緒に暮らしてくれるなら、新しい領主邸を建てることにも抵抗《ていこう》がない。大人数ならそれなりの広さが必要だしな。

そんな感じで、深く考え込んで《かんが》いたのが馬鹿《ばか》らしく思えるほどに、アッサリと新たな邸宅作りを決心したわけだ。

で、この時の決心が領地にとっては些細な、オレ個人にとっては大きな幸運をもたらす結果につながるのだった。


協議の結果、新たな領主邸は領地の南東部に建てられることが決まった。

住宅地から南の位置にあり、チョコレート工房《こうぼう》やワインの醸造所といった工房が立ち並ぶ場所からは東になる。

引っ越しの手間を考えて、いまの住居の近くに建てようかなと思っていたんだけど。警護の観点から、猛反対《もうはんたい》されてしまったのだ。

「領主ともあろうお方が不用心過ぎます」

「左様。我が主には危機感が欠如《けつじょ》しておられます。有事の際に、我ら『黒い三連星』がすぐに駆《か》けつけられる場所がよろしいかと」

……なんて具合で、翼人族《よくじんぞく》のロルフとワーウルフのガイアから怒《おこ》られちゃう始末。なんか、スイマセン……。

ともあれ、土地の選定を終えたこともあり、再構築《リビルド》の能力を使って整地を開始する。

自分の住む家なんだから張り切って働かないとな、なんて思っていたのだが。選定された土地には、すでに多くの領民が駆けつけていた。

「お館様《やかた》の新居なんだからよ！　俺《おれ》たちが気張らねえとな！」

「その通り。これまでのご恩に少しでも報《むく》いなければ」

ダリルとアレックスを始め、ハーフフット達《たち》が先陣《せんじん》を切るように樹木を切り倒していき、ハーバリウムの講習会から帰ってきたばかりのヴァイオレットとフローラも作業に加わっている。

「愛されてるわねえ、領主サマ」

からかうような口調で宙を舞うのは妖精《ようせい》のココだ。

「自分たちの仕事で疲れているだろうに、申し訳ないよ」

「気にすることないわ。みんなアナタのことが大好きだから、手伝ってるだけだもの」

「そうなのかなあ」

「そうよ。いい加減自覚しなさいな、色男」

そういうことなら、領主としての仕事ぶりが評価されたようで嬉《うれ》しいんだけど。

「ところで……」

ココはオレの右肩《みぎかた》に腰《こし》を落ち着かせると、ひときわ賑《にぎ》やかな方向を指さした。

「あの人たちはなにをやっているの？」

視線を向けた先では上半身裸《はだか》になったハンスと、ガイアたちワーウルフがお互《たが》いの筋肉を見せつけあっている。

「ほう！　これはこれは見事な大胸筋ですな！」

「なんのなんの！　貴方《あなた》の腹直筋もなかなかではないですか！」

「いやはや、お互い美しくキレておりますな！」

「まさにまさに！　筋肉は裏切りませんからな！」

高らかに笑うマッチョたち。作業中、さり気なくポージングを取ることで筋肉美を披露《ひろう》している。

「……あ〜。割とお馴染《なじ》みの光景だからそっとしておいてあげてくれ」

「そうなの？」

「仲良くなりたいんだったら『ナイスバルク！』って声を掛《か》けてあげると喜ぶぞ」

「……嫌な予感がするから止めておくわ」

そうだな、初心者にはオススメしない。声を掛けたら最後、しばらくの間、筋肉を讃《たた》え続けないといけないし。

それにしても、ハンスとワーウルフたちが意気投合するのも不思議な光景だな。同じ肉体派だからだろうか？

鍛《きた》えあっている者同士、シンパシーみたいなものがあるのかもしれない。勝手に結論を導き出していると、後方から陽気な声が。

「やあやあ！　精が出るね、タスク君！」

赤色の長髪をしたイケメンは、前髪《まえがみ》をかきあげながら白い歯を見せつける。

「ファビアンじゃないか。ハンスショックから、ようやく立ち直ったのか？」

「ふ……。ショックとはいったいなんのことかな？　多少の驚《おどろ》きがあったとはいえ、常に冷静沈着《ちんちゃく》なのがこの僕さっ！」

床に突っ伏《ぷ》して、青白い顔を浮《う》かべてたよねというツッコミは心の中にしまっておく。

「これから龍人《りゅうじん》族の国へ出かけるからね。挨拶にきたのさ」

「例の酒場の件か？」

「そうとも！　多少の変更《へんこう》があったとはいえ、華麗《かれい》で完璧な僕の計画に狂《くる》いはないっ！必ず成功させてみせるよっ！」

それはそれは、せいぜい頑張《がんば》っていただきたいが。注意しなければいけない点がひとつ。

「『水流式回転テーブル』だけど。壊れてもすぐに修理できないから、その点だけは気をつけろよ？」

いまのところ、あれを作れるのはオレだけの上、いまだ量産化のめどがついていない魔《ま》法《ほう》石を動力にしているという致命的《ちめいてき》な弱点がある。

しかも、魔法石は消耗品《しょうもうひん》だ。魔力《まりょく》が尽きたら交換《こうかん》しなければいけない。

媒体《ばいたい》となりうる素材を探し出せれば、多くの魔法石を作れるようになるんだけど。素材が眠《ねむ》っているであろう、樹海北部にある洞窟探索《どうくつたんさく》は後回しになっている状態だしな。

「そんなことで悩《なや》んでいたのかい？」

ファビアンは肩《かた》をすくめてみせる。そんなことって、こっちは媒体の素材選びでめちゃくちゃ苦労してんだぞ？

蛍光色《けいこうしょく》が眩《まぶ》しい太くて長いミミズを素手で掴《つか》まされた挙げ句、そのまま構築をお願いしますとか、延々と頼《たの》まれるオレの身にもなってみろっていうんだ。

「それはすまない。でも、そういうことであれば協力できると思うんだ」

仰々《ぎょうぎょう》しくポーズを取ってから、ファビアンは続けた。

「なにせ僕は宝石商！　鉱石についての造詣《ぞうけい》も深いっ！　魔法石の媒体となりうる素材探しなど造作もないさ！」

そういうことだから期待してくれたまえと言い残し、颯爽《さっそう》とフローラの元へと駆け寄っていくファビアン。ふざけているのか本気なのか判断に困る。

オレの右肩に腰を落ち着かせているココも「なんなの、あの人……」と口をポカンと開けたままだしな。

……ま、いいや。いまは新居作りを優先しよう。

お昼休憩《きゅうけい》の時間。昼食を用意してくれたカミラたちに感謝を述べながら、オレはクラーラに声を掛けた。

「ファビアン兄様がハンスに怯《おび》えている理由?」

厳しい教育係で知られるハンスを見て、明らかに狼狽《ろうばい》していたファビアンとは対照的に、クラーラは抱《だ》きあって再会を喜び合っていたのである。

もしかすると、ハンスを苦手としているのはファビアンだけなのかもしれない。そう考えて尋《たず》ねてみたのだが。

「さあ?　厳しい一面があるのは確かだけれど、ハンスはとても優しいもの。私にとってはおじいちゃんみたいな人だし、兄様が怯える理由なんてわからないわよ」

「もしかすると、ですが」

給仕《きゅうじ》を終えたカミラが会話に加わった。

「例の出来事が原因かも知れません」

「例の出来事って？」

「あれは、そう。ファビアン様に渾身《こんしん》の右ストレートを放った後のお話でございます」

あなたに新たな性癖《せいへき》が目覚めた後の話なんですね、とは言わないでおく。

「あのような性格に変わられた後、ファビアン様にきわめて強い英雄《えいゆう》願望が芽生えまして」

「英雄願望？」

「はい。異邦人であるハヤト様や国王陛下、ご当主様の活躍《かつやく》するお話を熱心に聞いておられました」

そして、自分も将来、大陸一番の勇者になると公言していたそうだ。

幼い子どもの夢物語と周囲は微笑ましく受け取っていたのだが。唯一《ゆいいつ》、大真面目《おおまじめ》にそれを聞いていた人物がいる。そう、ハンスだ。

「勇者となるには、いまから厳しい特訓に耐《た》える必要がございます。ファビアン様にはその覚悟《かくご》がおありかな？」

ハンスの質問は小さい子どもに理解できるものではなかったのだが。当のファビアンは、目を輝《かがや》かせながら首を大きく縦に振《ふ》って応じてみせた。

この瞬間《しゅんかん》、彼にとって過酷《かこく》な日々が始まりを告げる。

真剣《しんけん》での訓練に始まり、食料は現地調達というサバイバルに連れ回され、かつての英雄たちが回ったという酷所《こくしょ》を巡《めぐ》る日々が続く。

ある時は死の火山、ある時は嘆《なげ》きの森、ある時は即死《そくし》トラップだらけの迷宮《めいきゅう》……。

必要最低限の装備だけを持たされては、ギリギリの状態で生還《せいかん》する経験を繰り返していくうち、英雄になる夢を諦《あきら》めたそうで。

「それからというもの、ファビアン様は商《あきな》いで生計を立てると。それはもう号泣《ごうきゅう》しながら力強く宣言されたのです」

……なるほど。それはトラウマにもなるわ。ちなみに同行していたハンスは、毎回元気ハツラツといった感じで戻《もど》ってきていたらしい。超人《ちょうじん》かよ。

「ご希望とあらば、子爵《ししゃく》もお連れいたしますが」

視線を上げた先にいたのは穏やかな表情のハンスで、いつの間にかワイシャツをまとっている。

「女性の前ですからな。紳士《しんし》たるもの露出《ろしゅつ》は控《ひか》えませんと」

「そういう問題か？」

「それで、いかがされますか子爵？　お望みとあらば、英雄ハヤト様が活躍された場所へ同行いたしますが」

笑ってはいるけど、目がマジだ。

「遠慮《えんりょ》しておくよ。あいにくそういったものは苦手でね」

「それは残念。気が変わりましたら、いつでもお申し付けくださされ」

うやうやしく頭を下げて去っていく伝説の戦闘執事《せんとうしつじ》、いやはや、おっかないわあ……。

「タスク様……」

「どうしたカミラ」

「もし、そのような時がおとずれた際には、私とファビアン様もお誘《さそ》いいただきたく……」

「……なんで？」

「ファビアン様が弱っている様子を、直接眺めることができる絶好の機会っ！　これを逃《のが》すわけには参りませんっ！」

興奮気味に、はあはあと荒い呼吸を繰り返す戦闘《せんとう》メイド。こっちはこっちで少しは自重してくれ、頼むから。


お昼休憩が終わってしばらくした後、オレはある事実に気がついた。

みんなが一生懸命《いっしょうけんめい》に整地作業をしてくれているのは嬉しい。嬉しいんだけど、整地の規模がとんでもなく広いのだ。

軽く見積もって、来賓邸《らいひんてい》が三棟《とう》は収まるぞ、これ……。どうりで作業が全然進まないはずだよ。

事前に伝えた指示は、この半分程度の大きさだったんだけどなあ？　ほかに建てたいものでもあるのかね？

「なにをおっしゃいますか、タスク様。領主の邸宅といえば、広々とした庭園に噴水《ふんすい》は絶対ですよ？　そのための敷地《しきち》を押さえておかなければ」

ロルフが胸を張ると、ガイアが続ける。

「我らが交代交代で番をいたします故、詰所《つめしょ》も不可欠ですな」

「オレはやっぱりバーが欲《ほ》しいよな！　お館様に自慢の酒を飲んで貰《もら》いたいからよぉ！」

「私はやっぱりダンスルームね！　レディの嗜《たしな》みだもの。そのぐらいは用意してもらいたいわ！」

ダリルにアレックス、ココまでもが次々に声を上げると、自らの考えを主張する。……住むのはオレなんだけど、この疎外感《そがいかん》はなんだろう……？

しかしそうか、それらを一緒《いっしょ》に作るから、みんな広めに整地してたのか。う～ん、完全に予想外だ。

個人的には新居だけで十分なんだけどなあ。みんなの盛り上がりように水を差すようで、とてもじゃないけど口を挟《はさ》めない。

「良いではないですか。ここまで民に慕《した》われる領主はなかなかおりませんぞ」

微笑ましいといった面持《おもも》ちで騒《さわ》ぎを見守るハンス。って言われてもねえ。

「わかんないぞ？　好き勝手に盛り上がっているだけかもしれないし」

「領主のため、積極的に手を挙げて意見する。誇《ほこ》らしいことではありませんか」

……真っ先に建てるのは庭園だバーだダンスホールだと、お互い譲ることなく、いままさに取っ組み合いが始まりそうな雰囲気《ふんいき》ですが、それでもいいんでしょうかね？

とりあえず、一旦《いったん》みんなに集まってもらい、必要最低限のもの以外は作らないと明言する。

途端《とたん》に「ケチ！」とか「もっと派手にいきましょうよ！」なんて具合で、ものすごいブーイングを浴びせられたんだけどさ。

冷静に考えて欲しい。オレの新居なのに、どうして文句を言われなきゃいけないんだ？

とにかくっ！

すでに整地を終えた土地は、新居の敷地としてありがたく使わせてもらうとして、庭園などの施設《しせつ》は、必要にあわせて後から用意しようということでなんとか決着。

まったく……。家を建てる前から、何でこんな苦労をしなきゃいけないんだ？

不思議な感覚に囚《とら》われながら、初日の作業は終了したのだった。


翌日。事前に用意した設計図のもと、いよいよ新居作りはスタートした。

いままで培《つちか》った建築技術を発展させるべく、今回は新たな挑戦《ちょうせん》をしようと思う。

地上四階建ての邸宅《ていたく》及《およ》び、地下室の設置がそれだ。

……実を言うと、本当は三階建てで良かったのに、「もう一声いきましょう！」というみんなの声に後押《あとお》しされ、それならばと四階建てに計画を変更したのである。

いま考えてみても、階層をひとつ増やすのに「もう一声！」っていう掛け声は本当におかしいと思う。了承するオレもオレだけど。

地下室は前々から欲しかったものだ。地中なら温度も低く、魔法石に頼《たよ》らずとも冷蔵保存ができる。

他の工房で魔法石をかなり消費していることもあり、自宅での使用はなるべく避《さ》けたい。

ただし例外として、こたつは除くっ！

こたつのない冬場なんてタコの入っていないたこ焼きのようなもんだし、緑色をしていないメロンソーダみたいなものなのだ。後半のたとえは自分でもよくわかんないけれど。

とにかく、冬場のこたつは必須《ひっす》なのだっ！　なくなったら泣くね。間違《まちが》いなく。

……話がすっかり逸《そ》れてしまった。とにもかくにも、まずは地下室用の空洞《くうどう》を掘《ほ》り進《すす》め、家屋が建っても崩れないよう地盤《じばん》を安定させてから、地上部分の建築を進めていく。

しかし、何事も経験というのは積み重ねておくものだね。井戸《いど》掘《ほ》りや貯水池作りで培ったノウハウがそのまま地下室作りに活《い》かされたのだ。おかげで進捗《しんちょく》も順調そのものである。

もっとも、穴を掘り進めていくごとに、音の反響《はんきょう》が大きくなり、筋肉を褒《ほ》め称《たた》えるワーウルフたちの叫《さけ》び声がうるさくなっていったことだけはいただけなかったけれど。

そもそも、だ。

「暗闇《くらやみ》でも映《は》えるお前の広背筋！」

「お前の両肩《りょうかた》、岩石モグラが固まって寝《ね》てんのかい！」

……とか、もうどこからどう突っ込んでいいものなのか。なんだよ、岩石モグラって。

「それ褒め言葉《ことば》なの？」と、頭をかしげたくなるようなワードがてんこ盛りなんだもん。

マッチョ道は奥《おく》が深すぎる。

何事もなく地下室が完成したから問題はないけど。この調子だと、地上部分の邸宅作りでは、いったいどんな言葉が飛び出すのだろうか？

「ちょっといい？」

地下室を作り終えて一休みしていると、白衣姿のクラーラとリアに呼び止められた。

「どうしたんだ、二人とも？」

「タスクさんにお願いがあって」

聞けば、薬学研究所に置いてある荷物の一部を、事前に地下室へ運んでしまいたいらしい。

温度を一定に保たなければいけない薬草類などがあるそうで、いまの家ではその調整に苦労しているそうだ。

「言ってくれたら、そっちにも地下室を用意したのに」

「樹海の気温を見誤っていたのよ。わかってたら事前に相談してたわ」

「この冬は例年になく冷《ひ》え込みましたから。まだ地下のほうが温度が安定してるんじゃないかって」

事情はわかった。それなら先に移動させてしまおうと、オレは荷運びを手伝うことにした。

貴重な薬品や薬草類などはリアとクラーラに任せるとして、オレは重たい荷物を請《う》け負った。ガイアたちには及《およ》ばないにせよ、健康な成人男性なのだ。腕力《わんりょく》には自信があると、二十個近くある木製の中樽《なかだる》に手を掛けた、まさにその時だった。

「……あ。それ、見た目以上に重いから気をつけてくださいね？」

リアから声をかけられたものの時《とき》すでに遅《おそ》し。オレは中樽を抱《かか》えたまま、フラフラと全身をよろつかせてしまった。

嘘《うそ》だろっ？　どうしてこんなに重たいんだよっ！　薬草類ばっかりじゃなかったのか⁉

苦悶《くもん》の表情を浮かべるオレを見やって、クラーラがため息をつく。

「それ。アンタのリクエストで研究してる、味噌と醤油の樽。中に大豆なんかがびっちり詰まってるもの。そうとうに重たいわよ」

落として割ったら承知しないからねと言い残し、すたこらさっさと立ち去っていくクラーラ。リアはオレを気遣《きづか》うように、ゆっくり来てくださいねと声をかけてくれる。

うう、奥さんの優《やさ》しさが身に染《し》みるなあと思っていたのもつかの間。オレの苦労を知らない連中が乱入してきた。

「あ、ご主人っ！　これ何スかっ⁉　なに運んでるんスかっ⁉」

「……たる……。……たるといえば……おさけ……。…ワイン……？」

「なに、ワインを運んでる？　ちょっと、タスク。レディたる私に奢《おご》らせてあげる権利をあげるから感謝なさい！」

わーわーとうるさく飛び回るココ、ララ、ロロの妖精トリオは、あたりを舞《ま》うだけならまだしも、運んでいる樽に乗り出す始末。

「ちょ、乗るなよっ！　重いんだからさ！」

「はぁ？　レディに対して重いとか、失礼じゃないの？」

「ご主人、マジ最低ッス」

「タスク……キライ……」

「ちがーう！　お前らのことじゃないっ！　この樽が重っ、ちょっ、君たち聞いてます⁉」

ツーンとそっぽを向いた三人は、他の妖精たちを呼び寄せては、運んでいる樽に乗るよう次から次へと声を掛けていく。待たんかいコラ。

気がつけば十人以上の妖精が樽に乗り、さらにオレの両肩と頭上に数人の妖精が腰を落ち着かせている。

「モテモテなのは結構ですけど、早く運んでよね」

いつの間にか薬草を運び終えていたクラーラが、重たいはずの樽を両手に抱え、涼《すず》しい顔でオレを追い越していく。

……あれ？　クラーラのヤツ、なんであんなに軽々持ち運べるんだ？　中身の少ない樽もあったのか？

「一応、クラーラはサキュバスですからね。身体能力が高いんですよ」

リアは笑顔《えがお》でそう言うと、ただでさえ重たい木樽を二つも重ねて抱きかかえた。……そう言えば、リアも古龍の血を引いてたんだったな。

お先に失礼しますと言い残し、スイスイと先へ進む奥さんの姿を呆然《ぼうぜん》と眺《なが》めやる。やれやれ、どっちが手助けしているのかわかんないな。

「ほら、タスク。しゃんとしなさいな！」

「ご主人、ファイトっスよー」

「……タスク……がんばって……」

はいはい、わかってますよ。ったく、応援《おうえん》するぐらいなら、ここから降りてはもらえないかね？

深くため息をついた後、オレはなんとか体勢を立て直すと、よろめきながらも建設途中《とちゅう》の新居に中樽を運びこむのだった。

第12章　新居の完成。二つのギフト

二週間後。

ようやく完成した新居を眺めやりながら、オレは感慨深《かんがいぶか》さよりも、作業を終えたことへの安堵感《あんどかん》に浸《ひた》っていた。

構築と再構築のスキルを使ってのカフェ建設が数日間で終わったこともあり、今度の新居建設もさほど時間はかからないだろう。

作業に取り掛かる前はそんなことを考えていたのだが、終わってみれば、実にその三倍以上の時間を費やすこととなったのだ。

（そりゃ、そうなるよなあ……）

腕組《うでぐ》みしながら、建設途中のことをしみじみと振り返る。

完成まで時間がかかった理由、それは領民たちのおせっかいが原因だった。

たとえば……。

他の施設はおいおい作るとあれほど言っていたにもかかわらず、目を離《はな》したすきに、設計図に描《えが》かれていない部屋を作ろうとしたり。

理由はわからないけれど、装飾の腕前《うでまえ》を競《きそ》い合う大会が自然発生。それぞれの技術力がいかんなく発揮された結果、外装工事と内装工事が終わる気配を見せなかったりと、挙げればキリがないんだけど。

……いや、みんなの気持ちは嬉しいよ？　オレの新居のため、よかれと思ってやってくれているんだなっていうのは十分伝わってくるし。

でもほら、やりすぎはよくないっていうかさ。物事には限度があるわけだ。

ウキウキしながら「隠《かく》し部屋作りましょう、隠し部屋！」とか言われても、必要ないからね、それ。忍者屋敷《にんじややしき》じゃないんだぞ？

しまいにはダークエルフの国から帰ってきたソフィアが、ニマニマしながら近寄ってきてだね。

「ねえ、たぁくん。新婚《しんこん》のたぁくんのためにぃ、寝室《しんしつ》に防音の魔法《まほう》掛《か》けといてあげよっかぁ？」

なんてことを言う始末。下世話にも程《ほど》があるだろう……ったく、それはぜひともよろしくお願いしますよ！

……ゴホン。ま、それはさておき。

とにもかくにも無事に新居は完成。旧家屋に比べると、実に三倍以上の広さを誇る立派な邸宅になった。

一階の玄関《げんかん》を入るとエントランスホールがあり、左側に大小ふたつの応接室、右側に風呂場《ろば》とトイレ、キッチン、リビングダイニングが設けられている。

エントランスホール奥の階段から二階へ上がった先には、計八部屋の寝室が。当初はハンスやカミラ、クラーラたちの部屋を予定していたのだが、

「ファビアン様のご自宅に住まわせてもらっておりますので、私の部屋は無用ですぞ？」

……と、ハンスから丁重《ていちょう》に断られてしまったため、二階はクラーラ、カミラ、ヴァイオレット、フローラの四人だけが暮らすことに。空き部屋は当面、別の用途《ようと》で使えばいいだろう。

三階は執務室《しつむしつ》や作業をするための部屋を集めたフロアになる。

「領主たるもの、仕事をするための部屋は別に設けておくべきです」

顔を近付ける戦闘執事からの圧に耐えきれず、執務室をこしらえてしまったんだけど。オレとしてはリビングで作業しても問題ないんだよなあ。後が怖《こわ》いから口には出さないが。

あとはベルの衣服裁縫《さいほう》部屋、リアとクラーラの薬学研究室、エリーゼの雑貨製作を兼《か》ね

た同人誌制作室、ハーバリウム製作室、執事室《しつじ》があり、合計六部屋で構成されている。

仕事内容を考えて、それぞれの部屋を広めに設計しておいたのだが、ここでちょっとした問題が一点。

表面上は雑貨製作、実際は同人誌制作室であるエリーゼ専用の部屋が設けられていることに気付いたソフィアとグレイスが抗議《こうぎ》してきたのだ。

「ちょっと、たぁくん。エリエリに自宅で原稿《げんこう》をやらせるつもりぃ？」

プンスカと声を荒げるソフィアに、なにか問題があるのか聞き返す。

「クリエイティビティっていうものをわかってないのよぅ、たぁくんはぁ。自宅にこもってばかりじゃ、いいアイデアも浮かばないでしょう？」

「そんなもんか？」

「そうよぅ。環境《かんきょう》を変えてこそぉ、いいネタも思《おも》い浮かぶしぃ、いいネームだって切れるわぁ！　外に出て気分を変えればぁ、筆も進むってものなのよぅ」

「部屋の中だとなかなか集中できないですからね。参考資料を探すつもりが、ついつい過去の名作を読みふけったりとか」

ソフィアの言葉にグレイスが続くけど、それって単に誘惑《ゆうわく》に負けてるだけって話じゃ……？

「シャラーップ！」

人差し指をオレの口元へ向けてから、ソフィアは声を上げる。

「せっかくカフェができたのよぅ？　頭を使った分、糖分で栄養補給もできるしぃ、原稿をやるならそこでいいじゃない」

「……あのなあ。それが問題だっていうの」

オレはソフィアの人差し指を払《はら》い除《の》けてから、ロルフからそれとなく伝えられた苦情を伝えたのだった。

カフェで原稿をやるのは構わない。しかしながら、創作に没頭《ぼっとう》するあまり、奇声《きせい》を発するのは止めてもらえないか、とのことである。

なんでも、不気味に笑っていたかと思えば、時折、公共の場にはふさわしくない会話を繰《く》り広げる魔道士《まどうし》があとを絶たないそうで……。

具体例を聞いたところ、ああ、それは完全にアウトですねっていう発言のオンパレードだったので、注意せざるを得なかったのだ。

なんだよ、「心のおちん（自主規制）が、勃（自主規制）しゅるぅ！」って。どう考えてもヤバイだろ。

「そんなわけで、これからはエリーゼと一緒に作業すること。創作仲間が一緒なら、原稿も捗《はかど》るだろう？」

「おっ、横暴よぅ！　権力の横暴だわっ！　エリエリもなんか言ってやりなさい！」

「わ、ワタシは自宅で作業していたほうが、集中しやすいっていうか……。む、むしろ外だと、ちょっと恥《は》ずかしいというか……」

それまで押《お》し黙《だま》っていたエリーゼが口を開く。

「そ、それに。おふたりは毎回、締切間際《しめきりまぎわ》に追い込《こ》まれているみたいですので。い、一緒にやればそんなこともなくなるかなあって」

ぱぁっと明るく微笑《ほほえ》むエリーゼに対し、優秀《ゆうしゅう》な魔道士ふたりの表情は暗い。

「締切《しめきり》……。フフ、それを言われてしまうと……」

「ええ……。何も言い返せなくなるわね……」

遠くを眺めやるソフィアとグレイスを見て、なにか気分を害す発言をしたのかと戸惑《とまど》いの表情を浮かべるエリーゼ。

そっとしておくと同時に、カフェの環境が多少改善されることを願うばかりである。

魔道士たちとのちょっとした騒動《そうどう》は置いておき、新居の紹介《しょうかい》を続けよう。最後は四階だ。

最上階となる四階はオレと奥さんたちの寝室がある。このフロアは合計五部屋で、左奥の一番大きな部屋がオレの寝室になる。

そこから通路沿いへ向かい合わせになるよう、二部屋ずつ寝室が設けられているのだが、誰《だれ》がオレの部屋に近い寝室を取るのか、奥さんたちはくじ引きをしていたらしい。

結果、アイラとリアが当たりを引いて、オレの寝室近くの二部屋に決まり、エリーゼとベルは右奥の二部屋となったそうだ。引っ越《こ》し作業の途中ベルから愚痴《ぐち》られたけど、こればっかりは運だししょうがないよ。

あ、そうそう。庭園を作りたいという要望があった広い敷地には、しらたまとあんこの家を建てておいた。

できるだけ長く一緒に住みたいけど、二匹《ひき》の今後の成長のことを考えると、体格的にどうしてもムリが生じてしまう。

ならばせめて住みよい環境を整えてやりたいと、構築の能力で可愛《かわい》らしいログハウスを建てることにした。二匹ともどうやら気に入ってくれたようで、みゅーみゅー可愛らしい声を上げながら、ログハウス内をはしゃいで過ごしている。

ああ、それと。旧家屋のことも話したいんだけど、ちょっと時間がなくなってきちゃったな。

みなさんもお気づきだとは思いますが、家を増改築した時は、毎回、匠《たくみ》の手によるビフォーアフターっぷりを紹介してるじゃないですか。

今回、それができなかったのは、この後の予定が詰《つ》まっていて時間が足りなかったわけで。

「何をぼーっと突《つ》っ立っておるんじゃ、タスク」

振り向いた先には、両手に料理の皿を抱えたアイラの姿が。

「もう間もなく、皆《みな》がやってくるぞ。宴《うたげ》の主賓《しゅひん》は中で待っておるがいい」

猫耳《ねこみみ》をぴょこぴょこと動かしながら、アイラは新居の中へと消えていく。

これから新築祝いと領主邸《てい》お披露目《ひろめ》を兼ねて、大宴会《だいえんかい》が始まるのだ。

領民と共に宴を催《もよお》しましょうと提案したのはハンスだった。

いわく、新たに赴任《ふにん》した領主は、顔見せを兼ねて、領民に食事を振る舞うというのが習慣になっているそうだ。

「領主となられて随分《ずいぶん》と日が経《た》っておりますが、新居建築の労をねぎらう意味でも、宴席《えんせき》を設けるのがよろしいかと」

うやうやしく頭を下げる戦闘執事。大賛成だ。お礼の意味も込めて、盛大にやろうじゃないか。

「子爵ならそうおっしゃると思っておりました。早速《さっそく》、手筈《てはず》を整えます」

「そうしてくれ。しかし、なんだな。結婚式《けっこんしき》とか、年越《としこ》しの時も思ったんだけど、みんなお祭り騒ぎが好きなんだな」

「娯楽《ごらく》が少ないですからな。皆、楽しめる機会を欲《ほっ》しているのですよ」

年間を通しても祭りは一度きり、秋に収穫祭《しゅうかくさい》があるぐらいで、一般庶民《いっぱんしょみん》はほとんど働《はたら》き詰《づ》めらしい。

「そのような環境がほとんどの中、領民がゆったりと暮らすこの土地は極《きわ》めて特殊《とくしゅ》と申し上げていいでしょう。領主の新居建築を率先《そっせん》して手伝う領民など、ありえない話ですからな」

「本当にありがたい話だよ」

時折、いじられている場面があったり、雑に扱《あつか》われている感があるのは拭《ぬぐ》えないけどさ。ま、付き合いも長いし、家族みたいなもんだからしょうがないか。

ともあれ、ハンスの指示の下、新居の一階と庭を使って、みんなでパーティをしようということになったのだが。

前もってやることを知ってたんじゃないかって勢いで、豪勢《ごうせい》な料理が次々と運ばれてくるのだ。

「お館《やかた》様なら、派手に新居祝い開くだろうなって思ってよ！」

「その通りです。皆、完成に合わせて準備していたのですよ」

ワイン瓶《びん》の入った木箱を両手に抱え、ダリルとアレックスが笑いながら応じる。

そのまま忙《いそが》しく駆《か》け回るハーフフットたちを眺めやりながら、何か手伝うことはないかとうろついているオレに、ロルフが声を掛けてきた。

「どうされましたか、タスク様」

「あ、ロルフ。みんなに任せっきりなのが申し訳なくてさ、手伝うことはないかなって」

「領主にお手伝いを頼むなんてとんでもない話です。邪魔《じゃま》なのでどこかで休んでいてください」

ニッコリと微笑んで言い残し、その場を立ち去っていく翼人族《よくじんぞく》。発言の前半と後半で態度が違《ちが》うのは気のせいだろうか……？

やっぱり雑に扱われる機会のほうが多いのかもしれない。領主という立場にもかかわらず、そこはかとなく漂《ただよ》う疎外《そがい》感を紛《まぎ》らわせるため、オレはしらたまとあんこと一緒に遊びながら時間を潰《つぶ》すのだった。


それからしばらく経って呼び出されたオレと二匹のミュコランを待っていたものは、豪《ごう》華《か》な料理の数々とヴァイオレットの羨《うらや》ましそうな眼差《まなざ》しで。

後半は無視することにしておいて、バリエーション豊かな料理にオレは目を見張った。ローストチキン、ガーリックシュリンプ、カキフライ、じゃがいものパンケーキ、ザワークラウト、十角鹿《じゅっかくじか》と根菜のトマト煮《に》、石窯《いしがま》でこんがり焼かれた白パン……などなど。目にも楽しい数々の品を前に、待ちきれないといった感じで、みんなソワソワしている。

うんうん。その気持ちは十分理解できるぞ。こういう時にオレができることといえば、乾杯《かんぱい》のスピーチを早々に済ませてしまうことだけだ。

「お疲《つか》れ様《さま》。これからもよろしく。楽しんでくれ」といった具合に、五秒も掛《か》からず挨拶《あいさつ》を終えると、宴の会場は瞬時《しゅんじ》に賑《にぎ》やかなものに変わるのだった。

場のあちこちで「乾杯《プロージット》！」という掛け声と共に、笑顔の泡《あわ》が弾《はじ》けていく。

真っ先に駆け寄ってきたヴァイオレットとフローラも、オレへの挨拶はそこそこに切り上げ、しらたまとあんこに身体を預けて恍惚《こうこつ》の表情を浮《う》かべているし。ま、いいか。楽しんでいるなら。

せっかくだったらアルフレッドやファビアンがいる時にやりたかったななんて考えている最中、ワイン瓶を差し出すたくましい腕《うで》に気がついた。

「子爵。どうぞ一杯《いっぱい》」

ハンスがグラスに注いだそれは、ほのかに色づいた透明《とうめい》に近い液体で、無数の細かい気《き》泡《ほう》が見える。

「フェーダーヴァイサーです。私もこの季節に飲めるとは思いませんでしたが」

なんだそれ？　と思うよりも早く、腰《こし》の辺りから見上げている双子《ふたご》のハーフフットが声を上げた。

「白い品種の海ぶどうを使った若いワインですよ。管理が難しいので、卸《おろ》しはしませんが」

「発酵《はっこう》させている途中でしか飲めないから、結構貴重なんだぜ？」

聞けば、秋の終わりに楽しめる旬《しゅん》の味だそうだ。季節に関係なく作物を収穫《しゅうかく》できるこの土地だからこそ、いまの時期でも味わえるんだなと納得《なっとく》。

話を聞く限りではスパークリングワインみたいなものだろうか。想像しながら、グラスを口に運んだものの、その予想は見事に裏切られた。

「甘っ！　なにこれ、すげえ甘《あま》い‼」

味がワインのそれじゃないのだ。簡単に言えば、微《び》炭酸《たんさん》のものすごく甘い白ぶどうジュース。

いやいやいや、コレ、すっごく美味《おい》しいぞ！　そういえば久しぶりに炭酸を飲むなあと、喉元《のどもと》を駆け巡る快感にたまらずグラスを空にする。

「お！　いけるじゃねえか、お館様！」

「赤いものもありますよ。フェーダーローターというのですが」

空になったオレのグラスに、アレックスが赤い液体を注ぐ。こちらも美味《うま》い！　グレープジュースの炭酸みたいだな。微《かす》かな渋《しぶ》みと爽《さわ》やかな甘み。

いやあ、ホント美味いな。こんな美味い飲み物があったなんて知らなかったよ。

「子爵。お楽しみいただくのは結構ですが……」

「おお！　タスク殿《どの》、楽しんでおられますかな！　ささ、一献《いっこん》！」

ハンスの声に割って入ったのは、ワーウルフたち『黒い三連星』で、豪快《ごうかい》な笑い声と共に、オレのグラスへワインを満たしていく。

「ハーフフットたちのフェーダーヴァイサーは見事なものですな！　我々、このような逸《いっ》品《ぴん》は飲んだ試《ため》しがないですぞ！」

「お！　わかってるじゃねえか、ガイアのおっちゃん！　気に入った！　ガンガン飲んでくれ！」

「おうさ！　樽ごと飲み干してくれよう！」

意気投合しているふたりをよそに、オレはオレで、グラスへ注がれる液体を、休むことなく喉元へと流《なが》し込んでいく。

いやー……。本当にジュースみたいなワインだな、こりゃ。もしかしてみんな騙《だま》してるんじゃないか？　炭酸飲料をお酒って言ってるだけとかさ。

だってこんなに甘いし、アルコールっぽさが全然ないもんな。うん、きっとそうだ。これはノンアルコールに違いないっ！

そうとわかれば気軽に飲めるな。めでたい席だし遠慮なくいただくことにしよう！

代わる代わる挨拶に訪《おとず》れる人たちからジュースを注がれ、それらを美味しくいただいていく。

それで、確か八杯《はい》目、だったかな……？

オレの意識がなくなったのは。

ぼんやりとした視界が、クリアなものへと少しずつ変化していく。

見慣れない天井《てんじょう》に違和感《いわかん》を覚えたものの、真新しいベッドに身体を預けていることから、どうやらここは新居の寝室らしい。

問題は、どうやってここまでたどり着いたかの記憶《きおく》が一切《いっさい》ないことで。

全身倦怠感《けんたいかん》の塊《かたまり》と化した上半身を何とか起こしながら、思考を働かせようとした矢先、激しい痛みを伴《ともな》った大音量の雑音が頭の中を駆け巡《めぐ》った。

（うっ……！　つっっッッッぅぅぅ……あったまいてぇぇぇぇ……！）

シンバルとドラムとドラをまぜこぜにしたようなノイズにたまらず頭を押さえる。

そういや、勧《すす》められるがまま、スパークリングワインみたいなやつを飲んでたんだっけ。

おぼろげに記憶を辿《たど》っていく最中、今度はドアをノックする音と共に、落ち着いた男性の声が耳元へ届いた。

「子爵《ししやく》。お目覚めですか？」

「ハンスか……？　いま起きたところだ」

失礼しますという挨拶の後、寝室へ姿を現した戦闘執事は両手にトレイを持ちながら、申し訳無さそうに頭を下げる。

「昨夜は大変失礼いたしました。私が飲むのを止めなかったばかりにお辛《つら》い思いを」

ハンスが教えてくれたのだが、フェーダーヴァイサーはアルコール度数の高い酒で、極めて甘くアルコールっぽさを感じないことから、痛飲してしまう人が多いそうだ。

昨夜もそれを伝えようと思っていたものの、次々に挨拶へ訪れる人たちに阻《はば》まれてしまい、声を掛けられなかったと。

「調子に乗って飲みすぎたオレが悪い。ジュースだと勘違《かんちが》いするほど甘いから、酒だというのをすっかり忘れてた」

「強引《ごういん》にでも割《わ》り込むべきでした。面目次第《めんぼくしだい》もございません」

「いいんだ。ところで、その後どうなった？」

オレが意識を失ったばかりに、場がしらけるというのは困るなと思っていたのだが、ハンスが上手《うま》く取り計らってくれたらしく、深夜まで宴は続いたとのこと。それならよかった。

寝室へ運んでくれたのもハンスだそうで、いやはや頭が上がらないね。

「仕事ですので。どうかお気になさらず」

穏《おだ》やかな声で続けつつ、ハンスは持っていたトレイをベッドサイドのテーブルに移した。二日酔《ふつかよ》いに利《き》く薬をリアに頼《たの》んでいたそうで、水の入ったコップの横には粉末状の薬が見える。

他にも風呂《ふろ》と朝食をカミラが用意しているとのことで、まずはリフレッシュすることを勧められた。

「そうだ。クラーラ様が子爵をお探しでした」

寝室を立ち去る間際《まぎわ》、思い出したようにハンスが声を上げる。

「クラーラが？」

「ええ。お目覚めになったらたずねてほしいと。要件までは伺《うかが》いませんでしたが」

わかったと応じて、退室していく執事を見送る。はて？　なんの用事だろうか？

特に思い当たるふしはないんだけどなと考えながらも、昨夜、記憶をなくすほどに酔《よ》いつぶれてしまっていたため、なにかやらかしてしまったのではないかという不安もある。

面倒《めんどう》ごとではありませんようにと願いながら、オレは用意された薬を一気に流し込んだ。


風呂を済ませたオレを待ち構えるように、カミラは軽めの朝食を出してくれた。

胃に負担がかからないよう配慮《はいりょ》された白パンのミルク粥《がゆ》をありがたくいただいてから出かけることにする。

冬晴れの気持ちの空の下、パーティが深夜まで続いていたというのに、領民たちは忙しく動き回っている。

働き者ばかりが揃《そろ》っていることに感心しながら、足を運んだ先は旧家屋で、つい先日まで暮らしていたにもかかわらず、程よく色あせた外観が感慨深い。

異世界に来てから約一年。

『豆腐《とうふ》ハウス』の頃《ころ》から、苦楽をともにしてきた住処《すみか》である。思い出がたくさん詰まった場所を取り壊《こわ》すのは忍《しの》びないと、旧家屋はそのまま残しておくことにしたのだ。

それに。アイラからも昼寝《ひるね》にうってつけの場所がなくなるのは困ると言われたからな。

猫にとって昼寝は大事だし、これはもう仕方ない。

「……なにしてんの？」

視線を動かした先にクラーラが見える。診療所《しんりようじよ》を兼ねた薬学研究所から出てきたようで、お馴染《なじ》みの白衣姿だ。

「ちょっとな。思い出にふけっていたというか」

「そう。ああ、アンタ。二日酔い大丈夫《だいじようぶ》？」

「お陰様《かげさま》で。薬も飲んだしな」

「空《す》きっ腹《ぱら》の状態で、強いお酒を飲まないほうがいいわよ？」

「気をつける」

思えばクラーラも、ここへ来た当初と比べて大分落ち着いてきたというか、性格も丸くなってきたような気がする。

本人に言ったら怒《おこ》られそうなので口にはしないけどね。穏やかに暮らしているなら嬉《うれ》しい限りだ。

「……なによ？　ニヤニヤして気持ち悪いわね」

「気持ち悪いとか酷《ひど》くないか？」

「事実なんだからしょうがないでしょ」

「さいですか……。あ、ところでオレに用があるとか聞いたんだけど」

オレの言葉に、クラーラは胸元《むなもと》で両手を合わせた。

「そうそう、そうなのよ。アンタに見てもらいたいものがあるの」

「見てもらいたいもの？」

「とにかくついてきて」

問い返す間もなく、クラーラは歩き出す。両手を白衣のポケットに突っ込みながら、早足で進んでいく後ろ姿に遅《おく》れないよう、オレはその後を追って行った。

到着《とうちゃく》したのは新居の地下室で、ひんやりと冷えた空気の中、クラーラはとある棚《たな》の前で立ち止まった。

棚の中には木樽がずらっと並んでいる。先日、リアとクラーラと三人で運んだものだ。

その中からひとつを選び取り、クラーラは地面に木樽を置いた。

「これ、この前、アンタが運んだ樽なんだけど」

「誰が運んだか覚えてるのか？」

「番号がふってあるもの。それはともかく中を見て」

そう言って樽の蓋《ふた》を開けるクラーラ。その瞬間《しゅんかん》、アルコール臭《しゅう》があたりに漂った。

鼻腔《びこう》を刺激《しげき》する匂《にお》いに軽い衝撃《しょうげき》を受けながら中を覗《のぞ》き込むが、木樽の中には赤黒い色をした物体がびっしり埋《う》まっていることしかわからない。

……でも、この色って、もしかしてアレだよな？

「味噌《みそ》の研究用に用意した樽の中で、これだけこんな感じになってるのよ」

「…………」

「ほかに運んできたやつは変化がないし……。なにか心当たりがあるんじゃないのかって思って」

「……味噌だ」

「はい？」

「味噌だぞ、これ」

言っている意味が理解できないのか、クラーラは目をぱちくりとさせている。

いや、正確にいえば、発酵途中《はっこうとちゅう》の味噌だな。このまま寝《ね》かせていればアルコール臭もなくなって、ちゃんとしたものに仕上がるはず……なんだけど。

こちらとしても知識しかないので断言はできない。ともあれ順調に発酵が進んでいることだけはわかる。

「ちょっと待ってよ。理解が追いつかないんだけど……」

頭を抱えるクラーラは、思い出したように棚から別の木樽を取り出した。

「それじゃあ、もしかしてこっちも……？」

蓋を開けると、今度は発酵臭《はっこうしゅう》とアルコール臭が混じった匂いの中に、懐《なつ》かしい香《こう》ばしさを感じ取ることができた。

「これ、アンタが運んできた醤油《しょうゆ》の研究用木樽。やっぱりこれだけが変化してるんだけど」

「……うん。色も匂いもかなり近い。順調に発酵してるみたいだな」

わずかに張った水面には薄《うす》い色がついている。郷愁《きょうしゅう》を誘《さそ》う香《かお》りは、このますくい取って舐《な》めたくなる衝動《しょうどう》に駆られるほどだ。

確か、これを火入れすれば、ちゃんとした醤油ができるはずなんだけど……。

オレの説明に耳を傾《かたむ》けながら、クラーラは身体をよろめかせている。

「どうした？」

「……あんなに苦労したにもかかわらず、遅々《ちち》として進まなかった研究が一気に進んでるのよ……？　ふらつきたくもなるわよ……」

しかも原因は特定できない。唯一《ゆいいつ》わかっているのはオレが運んできたということだけ。

「そんな理屈《りくつ》にもならないバカみたいな理由で、味噌と醤油ができるなんて反則にもほどがあるわよ！」

「オレに文句をいうな、オレに」

「まったく……。きちんとした仕組みがわかれば、研究も進むって思っていたのに……」

　ブツブツと小言を漏《も》らすクラーラ。オレの能力である構築と再構築がなにかしらの効果をもたらしたのだろうか。

　思案を巡らせていた最中、オレは、とある事を思い出した。

「妖精《ようせい》……」

「……は？」

「オレが運んでいた時、妖精達《たち》が木樽《きだる》に群がってたよな……」

　そうだ。あの時は邪魔するなって言っても聞かない妖精たちが、オレの肩《かた》や頭、それに木樽の上にも乗っていた。

　もしかして、木樽の中へ変化をもたらしたのはオレの能力ではなくて、妖精たちの力によるものなんじゃないだろうか？

　そう考えれば味噌や醤油ができたところで不思議な話じゃないだろう。オレの話を聞きながら、クラーラは顎《あご》に手を当てる。

「……確かに。昔読んだ文献《ぶんけん》の中にも、妖精にまつわる不思議な作物の逸話《いつわ》がいくつか残っているわね」

エピソードとしては異なるものの、文献の中で妖精たちは『幸運をもたらす食べ物をもたらす存在』として描かれているらしい。

「あの子達《たち》に協力してもらえば、仕組みがわかるかもしれない……」

「オレからもココたちにお願いしてみるよ。上手くいけば特産品が増えるかもしれないしな」

何より、日常的に味噌と醤油が味わえるようになれば嬉しい限りだ。どうしても和食が恋《こい》しくなる時があるからなあ。

「食い意地が張ってるわねえ」

「食事こそ生きる楽しみだからな」

「否定はしないけれど」

肩をすくめたクラーラは、「それはそうと」と前置きした上で、味噌の樽へ視線を向ける。

「味噌って本当に美味しいものなの？　独特の色をしてるけど……。まるで排泄《はいせつ》ぶ」

「それ以上はよくない！　今すぐ忘れなさいっ！」

味噌を知らない人にとっては、そんな感じに受け取られても仕方ないんだろう。見た目がアレだからなあ……。

その後。

ココたちに味噌と醤油の製造協力を頼みにいったところ、快く了承《りょうしょう》の返答をもらうことができた。

協力する見返りに花畑を拡張してほしいと言われるかなと思っていたんだけど、見知らぬ物に対する好奇心《こうきしん》が勝ったようで、味噌と醤油が完成するまでは付き合ってくれるらしい。

とはいえ。妖精たちにも味噌のビジュアルはインパクトが強かったようだ。見学にやってきた地下室で実物を見ては、

「うわぁ、これを食べるの……？　正気？」

みたいな、ドン引きの眼差しを向けられる始末。食べれば美味しいんだって！

もうひとつの醤油は独特の香ばしい匂いもあってか、概《おお》ね好評だったのになあ。見た目で判断するのよくないと思うぞ？

……で。それはさておき、気がかりがひとつあるんだけど。

そもそも妖精たちの力なくして作れないって話だったら、味噌も醤油も、製品として売り出すのは厳しいんじゃないかって話で。

ゆくゆくは一般的《いっぱんてき》な調味料として大陸中に普及《ふきゅう》させたいのだ。となれば、特殊な能力を

使うことなく、普遍的《ふへんてき》な製造方法を確立しなければならない。

どうしたもんかと頭を悩《なや》ませていると、心配いらないわとクラーラが口を挟《はさ》んだ。

「要は発酵の仕組みがわかればいいのよ。妖精達が菌《きん》を作れるなら、それを元手として保管しておけばいいだけの話だし」

「できるのか？」

「もちろんよ。あとは保管した菌を増やして、味噌や醤油を作る際に使えばいいだけでしょ」

自信に満ちた顔で、クラーラはさらに続けた。

「それよりも、他に考えることがあるんじゃない？」

「なにをだ？」

「味噌と醤油の売り出し方よ。醤油はともかくとして、味噌のあの見た目の悪さ、どうにかならないの？」

古来より伝わる調味料に文句を言われても困るんだが。

「妖精たちの反応を見たでしょ。味はいいかも知れないけれど、手にとってもらうまでを考えないと、製品として売り出すのは厳しいわよ」

ごもっとも。こちらの人たちには色合いがよくないらしい。予備知識がなければ調味料だってわかんないもんな。

こういう時にアルフレッドがいればなあ。色々相談に乗ってもらえるんだけど。最近、顔出してないんだよなあ、アイツ。

ま、来たら来たで「また妙《みょう》なものを作りましたね」なんて具合に、驚《おどろ》かせてしまうかもしれない。

しかしながら実際に驚かされたのはこちらの方で、久しぶりに訪れた龍人《りゅうじん》族の商人の姿に、オレは開いた口が塞《ふさ》がらないのだった。


「新居を建てたとは聞いていましたが、いやはや立派なものではないですか」

執務室のソファに腰を下ろしたアルフレッドは、いつもの人好きのする笑顔《えがお》を浮かべながらあたりを見回していた。

そんな龍人族の商人から距離《きょり》を取るように、アイラは部屋の隅《すみ》から様子をうかがっている。

アルフレッドも不審《ふしん》の眼差しを向けられている事に気付いているようで、困惑《こんわく》の表情に変わりながらアイラに問いかけた。

「ええと……。アイラさん、僕《ぼく》、何かやりましたか？」

「……気味が悪い」

「は？」

「気味が悪いというておるのじゃ！　なんじゃ、アル、そんな変な格好をしおって!!」

キシャー！　と、しっぽを荒々《あらあら》しく逆立て、警戒《けいかい》の声を上げる姿は猫そのものだ。

「き、気味が悪い、ですか？」

落胆《らくたん》する声を発するアルフレッドだが、残念なことに、オレとしても全面的に同意せざるを得ない。

真っ赤なスーツの下には、胸元まではだけた漆黒《しっこく》のワイシャツが姿をのぞかせている。首元には銀色のネックレスが輝《かがや》き、フレームの細いメガネも同じく銀色が眩《まぶ》しい。トレードマークだったボサボサ頭も、オールバックでまとまっており、どこからどう見てもタチの悪いチンピラとしか思えないルックスだ。

「……あー。なんというか、イメチェンしたのか？」

カミラが運んできたお茶に手を伸《の》ばしつつ尋《たず》ねると、テーブル越《ご》しから自信に満ちた声が返ってくる。

「ええ、ええ！　先日、ハンスさんにお会いした際、領主に仕える身として、身だしなみには気をつけるようにと指摘《してき》されまして」

とはいえファッションには無頓着《むとんちゃく》、どういったものを着ればいいだろうかと思い悩んでいたところ、アドバイスをくれたのがファビアンだったそうだ。

「僕に任せたまえアルフレッド君！　優美かつ華麗《かれい》、そしてトレンドの最先端を押さえたファッションの真髄《しんずい》を伝授してあげようじゃあないかっ！」

高らかに笑うイケメンの言葉を信じ、トータルコーディネートを任せたところ、このような姿になった、と。

「素晴《すば》らしい……！　素晴らしすぎるよ、アルフレッド君……！　僕には及《およ》ばないが、いまの君は龍人族の中でもトップクラスといってもいいだろう！　誇《ほこ》りたまえ！　トップクラスなのだよ！」

何がどうトップクラスなのか、ファビアンに問い詰めてやりたいが。とにもかくにも根《こん》拠《きょ》なく褒《ほ》められ続け、アルフレッドもついついその気になってしまったようだ。

後ろで聞いていたカミラが舌打ちしながら「余計なことを……」と小声で呟《つぶや》いている。

アルフレッドも、訝《いぶか》しげな眼差しを向けられていることに気付いたようだ。

「あの……。もしかしてですが、僕のこの格好、おかしいのでしょうか？」

「はっきり言って気持ち悪いですね」

「うむ。似合ってないの」

恐《おそ》る恐る口を開いた龍人族の商人へ、容赦《ようしゃ》ない言葉を浴びせるカミラとアイラ。バッサリだな、おい。

「なんだな……。ほら、ファビアンはセンスが独特だからさ、着る人を選ぶっていうか。そんなに落ち込む必要はないんだって、な？」

どうしてオレがこんなフォローをしないといけないのか。わかりやすく落ち込んでいるアルフレッドに、オレは続けて声を掛けた。

「あっ、そうだ！　ベルにコーディネートを頼んでみよう！」

「ベルさんに、ですか？」

「龍人族の中で、ベルの作った服が流行《はや》っているんだろう？　ベルならセンスも抜群《ばつぐん》だし、似合う服を用意してくれるはずだって！」

必死に励《はげ》ますものの、ベルに頼んだら頼んだで、リオのカーニバルさながら半裸《はんら》の服を用意されかねないリスクもあるんだよな……。

そこはかとない不安はあるものの、このままだと仕事の話が進まないので、余計なことは考えないことにした。

そうなったらそうなったで面白《おもしろ》いかもと、一瞬《いっしゅん》だけ思ってしまったのはここだけの秘密である。

それから時間をたっぷり掛けて、ようやくアルフレッドの気持ちを立て直すことに成功したものの。

協議しようとしていたハイエルフの移住については、ファビアンが不在のため進められず、また後日ということになった。

聞けば、ファビアンは龍人族の国からハイエルフの国へ向かったそうで、商談を兼《か》ねて移住の詳細《しょうさい》を詰めてくるとのことだ。

話を聞いていたカミラが残念がっていたが、会えずに残念ということではなく、いじることができなくて残念ということなんだろうな、多分。

そういった事情もあり、メインの話としては味噌と醤油をどうやって売り出そうかという相談になったわけだ。

まず醤油を先行して売り出し、様子を見ながら味噌を売り出していくのがベストだろう。

それがアルフレッドの提案だった。

「こちらの世界の人たちにも、この香ばしい匂いは十分に魅力的《みりょくてき》です。香りと味が伝われば、他の調味料にも興味が湧《わ》くと思いますよ」

火入れをして香ばしさを引き出しておいた醤油は、龍人族の商人を虜《とりこ》にしたようで、黒茶色の液体が入った小瓶《こびん》を掲《かか》げながら、アルフレッドは口を開いた。

「まずはデモンストレーションするのがいいでしょうね。口コミで噂《うわさ》も広まりますし、需《じゅ》要《よう》はすぐに高まるでしょう」

確かに。ゲオルクへのお土産《みやげ》に渡《わた》したハーバリウムも、上流階級の人たちへあっという間に広まったしな。

まずは確実な注文が見込《みこ》める貴族たちをターゲットにしよう。そう結論をまとめて、アルフレッドに醤油の小瓶をいくつか預ける。気にいってもらえることを願うばかりだ。

それとは別に、ジークフリートとゲオルクへのお土産として、醤油の小瓶と、醤油を使った料理を手渡《てわた》した。

鶏肉《とりにく》の照り焼き、鶏肉のから揚《あ》げ、焼きとうもろこし。試しに作った料理の中で、みんなから好評だったもの三品だ。

特に鶏肉のから揚げは争奪戦《そうだつせん》が起こったほどで、今後、定番のメニューとなりそうである。

ここまで気に入ってもらえるなら、王様たちの口にも合うだろう。……そんなことを考えていたのだが。

いつもと同じように、このお土産が、とある騒動《そうどう》を引き起こしてしまうのだった。

第13章　ハイエルフの前国王クラウス

ファビアンが戻《もど》ってきた。

アルフレッドが醤油を片手に帰っていった三日後のことで、ハイエルフの集団を引き連れて現れたイケメンは、トレードマークである赤色の長髪《ちょうはつ》をかきあげつつ、白い歯を覗かせるのだった。

「やあやあ、久しぶりだねタスク君。ハイエルフの移住希望者を連れて、このファビアンが帰ってきたよ！」

……はい？　なんだって？

「まさか忘れたわけではないだろう？　移住者を受け入れるという取り決めを交《か》わしていたじゃないか」

「忘れているわけないだろ。オレが驚いているのは別のことだって」

移住についての詳細を詰《つ》めてくるという話は聞いていたけれど、いきなり移住者を連れてくるという話までは聞いていない。

「問題ないよ、タスク君。移住の詳細なら、このファビアンがすべて話をまとめてきたからね！　君は領主として彼《かれ》らを受け入れるだけでいいのさ！」

そう言って高らかに笑うファビアン。ダメだコイツ、話が通じない。

とはいえ、このまま追い返すわけにもいかない。移住者用の住居はある程度用意できているので、ロルフに頼み、ハイエルフたちを案内することにする。

まったくもって頭が痛い……。何はともあれ事情を把《は》握《あく》しなければと、オレはファビアンを引き連れ、新居へ足を運んだ。

応接室のテーブル越しに、涼《すず》しい顔を浮かべるイケメンがふたり。

ひとりはもちろんファビアンで、もうひとりはブロンドの髪《かみ》をしたハイエルフなのだが、以前にも会った記憶があるような……？

えーっと、なんだっけ。確か、しぇ、しぇー……なんとかっていうグループのひとりだった気が。

「『シェーネ・オルガニザツィオーン』でございます、タスク様」

紅茶を差し出すカミラが囁《ささや》く。ああ、それだ。『美しい組織』って意味のグループだっけ。

「しかしよく覚えてるな、カミラ」

「覚えたくて覚えたわけではないのですが……。間違《まちが》えるとファビアン様がやかましいもので」

忌々《いまいま》しげに呟きながらも、表情ひとつ変えることなく、ファビアンたちに紅茶を差し出す戦闘《せんとう》メイド。

嫌々《いやいや》といったカミラの表情を意に介《かい》することなく、ファビアンは微笑《ほほえ》んでいる。

「外出している間、カミラの淹《い》れた紅茶が恋しくてたまらなかったよ！　もちろん、愛情もたっぷり注いでくれたのだろうね？」

「いやですわ、ファビアン様。私、ファビアン様を愛《いと》しく想《おも》うあまり、誤って毒を注いでしまったかも知れません」

「構わないさ、カミラ。美女に毒を盛られて死ねるとなれば、それも本望《ほんもう》っ。一滴《てき》も残さず飲み干そうじゃないか！」

そう言って、熱々の紅茶を一気に喉元へ流し込《こ》むファビアン。カミラはただ黙《だま》って、冷たい眼差しを向けている。

君たち、一応お客さんがいるんだからそのへんにしとけよ？

「彼らとは付き合いが長いので、どうかお気になさらず」

落ち着いたテノールの声が、ハイエルフの口から発せられる。

「お久しぶりですね、領主殿。もっとも、以前はご挨拶《あいさつ》もままなりませんでしたが」

ブロンドのイケメンのハイエルフは席を立ち、礼儀《れいぎ》正《ただ》しく頭を下げた。

「移住の件を担当する、ルーカスと申します。以後、お見知りおきを」

『ベルサイユのばら』の世界を思わせる端正《たんせい》なルックスは、いかにも美形のエルフって感じで、男のオレでも見惚《みと》れてしまうほどである。

戦闘メイドと掛《か》け合いを続けているファビアンに代わり、ルーカスが説明してくれたのだが、彼がハイエルフの国の窓口役になるそうだ。

「ファビアンは仕事を抱《かか》えすぎているようですからね。交易や移住について、今後は私にご連絡《れんらく》をいただければ」

移住の件については書類をご確認《かくにん》くださいと続けるルーカス。

で、その書類とやらは、オレの後方に控《ひか》える戦闘執事《せんとうしつじ》がもっぱら確認中なわけで。

「ふぅむ……。拝見しましたが、問題になるような項目《こうもく》は見当たりませんな」

メガネを取ったハンスは、書類をオレに差し出した。

「双方《そうほう》に不利益が生じることもないようです。話としてはきちんとまとまっているかと」

「モチロンだとも！　心の友であるタスク君に負担をかけるわけにはいかないからね！　僕がしっかり取りまとめたのさっ！」

派手なポージングと共に声を上げるファビアン。なんだよ、心の友って、初耳だわ。

「だからといって、ご領主に一言の断りもなく、移住者を勝手に受け入れるのは筋が違《ちが》うと思われませんかな？」

ハンスからギラリとした眼差《まなざ》しを向けられ、流石《さすが》のファビアンも一瞬ひるんだらしい。

「……あー。ふたりともそのへんで止めておこうか。お客さんが来ているんだし」

一礼するハンスと、ホッとした表情で腰《こし》を落ち着かせるファビアン。

まあなあ、話を先延ばしにしてきたオレにも責任はあるし、ハイエルフの国としてもしびれを切らしたんだろう。

第一、移住してきたハイエルフたちにはなんの落ち度もないからな。彼らが健《すこ》やかに過ごせるよう、領主としては環境《かんきょう》を整えるだけだ。

大事なのはこれからだと考えを切り替《か》え、オレは今後についての詳細をルーカスと話し合うことにした。


それから数日。

移住してきたハイエルフたちは問題なく順応しているように思える。みんな揃って働き者だし、住環境《じゅうかんきょう》にも問題なさそうだ。

コミュニケーションについても、他の領民たちと談笑《だんしょう》している姿を見ることができる。いまのところは大丈夫なようだ。

初回の移住者は総勢十八人。男性が十名、女性八名がその内訳となる。

先行して移住したハイエルフたちに支障がなければ、二回目の移住者がやってくるらしい。やれやれ、また住居を用意しておかなければ。

先日の話し合いでルーカスが教えてくれたのだが、後日、移住者に加え、ハイエルフの国から羊を何頭か融通《ゆうずう》してくれるそうだ。

ノウハウがある移住者たちに、羊の飼育を任せてもらえないかということで、了承する旨《むね》を伝えておく。慣れない仕事を任せるよりいいだろう。

以前より、領民のみんなから羊を飼う要望があったので好都合だ。この際、家畜用《かちくよう》の土地も拡張しておこう。

そうそう。これは余談なんだけど。

話し合いの後、ファビアンは真っ先に立ち上がり、

「ああ、そうだ。例の魔法《まほう》石の素材だけどね、いくつか見繕《みつくろ》って輸送の準備を整えているから、もう少し待っていてくれたまえ！　僕はこれからフローラのところへ寄ってから出かけるからね！」

そう言い残すと、さっさと立ち去ってしまったのだった。

もっとも、ハンスが猛然《もうぜん》と追いかけていったところを見るに、フローラに会うより先にかなりの説教をされるんだろうな。

ま、結果はどうあれ、賑《にぎ》やかになるのはいいことだ。人手が増えればそれだけ開拓《かいたく》の選《せん》択肢《たくし》が増える。

ますます忙《いそが》しくなるなあと気を引き締《し》めていると、休む間もなく西から来客があった。

義理の父親であるジークフリートとゲオルク、そして謎《なぞ》のフードをかぶった人物がひとり。三人揃って来賓邸《らいひんてい》に姿を見せたのだ。


義理の父親でもある龍人族の国王は、すっかりお馴染みとなったこたつに足を通し、早くも将棋盤《しょうぎばん》を取り出してオレを手招きしている。

「タスク。今日は泊《と》まっていくからな！　夜通し付き合ってもらうぞ？」

ガハハハと豪快《ごうかい》に笑うジークフリートの顔を眺《なが》めやりながら、正直、オレは早めに寝させてくださいと心の中で願った。

「おい、ジーク。タスク君も暇《ひま》じゃないんだ。少しは遠慮《えんりょ》してやれ」

「む。ワシがまるで暇人《ひまじん》みたいな口ぶりではないか」

「実際、面倒な執務《しつむ》を部下に押《お》し付けてるだろう？　泣きつかれるのはオレなんだからな」

ゲオルクはそう言うと、こたつに足を入れながら大きなため息をついた。……いや、あの、おふたりともこたつで寛《くつろ》ぐのはいいんですが。

こちらのフードをかぶった方が、顔が見えないまでも戸惑《とまど》っている様子なのでどうにかされたほうがよろしいのでは？

「おお！　そうだったそうだった！　悪いな！　もうフードをとってもいいだろう！」

ジークフリートの声に、やっとかといった具合で謎の人物はフードに手をかけた。

程《ほど》なくして現れた顔は、銀色の長い頭髪《とうはつ》が印象的な美しい顔立ちの青年で、その長い耳から察するにハイエルフなのだろうとうかがえる。

「タスク。そなたに紹介《しょうかい》しようと思ってな。ワシの友人で将棋《しょうぎ》仲間でもあるのだが……」

あ、将棋仲間いたんですねという素直《すなお》な感想を抱《いだ》く間もなく、ジークフリートはとんでもないことを言い出した。

「ハイエルフの国の前国王だ」

ハイエルフの国の前国王？

「前国王って……前の王様ってことですよね？」

「それ以外に何がある？」

おかしなことを聞くやつだと言わんばかりに、ジークフリートは首を傾《かし》げる。

いやいやいや、確認したくもなるでしょ？　だってさ、どう見たってオレより若いもん。多少大人びた雰囲気《ふんいき》はあるものの、せいぜい二十代前半……いや、十代後半の外見だぞ、この人。

イケメン度合いではさっき会ったばかりのルーカスにも引けを取らないばかりか、若々しい分、こちらのほうが闊達《かったつ》な印象を受ける。

王様よりも王子様という肩書《かたが》きの方がしっくりくる姿に見惚れていると、ジークフリートは口を開いた。

「言っておくがな、そんな見た目でも相当の年寄りだからな。騙《だま》されるなよ？」

年寄り？　この人が？

「ジークのおっさんの方がよっぽど年寄りじゃねえか。俺《おれ》はまだ九六〇歳《さい》だってての」

銀色の頭髪をボリボリとかきながら、ハイエルフの前国王が反論する。……は？　九六〇歳？　聞き間違いじゃなくて？

目をぱちくりさせて呆然《ぼうぜん》と立ち尽《つ》くす最中、ハイエルフの前国王はオレをじぃっと見つめてから、少年のような屈託《くったく》のない笑顔を見せた。

「ジークのおっさんから聞いてはいたけど、面白そうなヤツだな、お前」

「は、はあ」

「そんな硬くならなくていい。俺のことは気軽にクラウスと呼んでくれ」

こたつに潜《もぐ》り込んでしばらくの間、オレはクラウスの話に耳を傾けていた。

ハイエルフの国は世襲制《せしゅうせい》ではなく、現国王が次の国王を選出する指名制だそうで、クラウスも五年前に現国王へ王位を譲《ゆず》ったらしい。

「王様を辞《や》めたら暇になるからな。隠居《いんきょ》ついでにあちこちを旅して回ってたんだよ」

ジークフリートのところには一年に一度必ず立ち寄っていたのだが。

つい先日訪《おとず》れた際、久しぶりに将棋を指したところ、見違《みちが》えるほど腕前《うでまえ》が上がっていることに気付いたクラウスが、ジークフリートを問い詰めた。

「聞いたら異邦人《いほうじん》がやってきて、そいつと頻繁《ひんぱん》に指してるって話じゃんか。そりゃあ反則だろう、俺にも会わせろって話になったわけよ」

ニカッと笑う表情からはフレンドリーさしか感じない。裏表のない人なんだろうな。

「クラウスさんは……」

「クラウス。呼び捨てで頼《たの》むわ」

「あー……、クラウスはハヤトさんに会ったことがあるのか？」

「まさか！　俺、九六〇歳だぜ？　その頃《ころ》は生まれてねえもん」

そりゃそうか。冷静に考えたら二千年も前の話だからな。

「ジークのおっさんたちと冒険《ぼうけん》に出てたのは、先々代の爺様《じいさま》たちだよ。将棋はその人たちから教わったのさ」

「活《い》きのいいのがいると、大分前に連れてこられてな。これがたいそうな悪ガキだった」

ジークフリートが懐かしむように口を開き、ゲオルクが応じる。

「そうだな。負けると半べそをかきながら『もう一局！』と喚《わめ》く、負けず嫌《ぎら》いの子どもだったな。それが国民から慕《した》われる国王になるのだから、成長というのは実に尊いものだよ」

「お、おい。やめろよ、八百年以上も昔の話じゃねえか！」

赤面するクラウスを二人がからかっている。正直、時間の桁《けた》が違いすぎて、想像すらできません……。

「それで。今日は将棋を指しに？」

オレの問いかけに、クラウスが不敵に笑う。

「それもある。だが、本題は別さ！」

オレの両手をいきなり掴《つか》んだクラウスは、瞳《ひとみ》を輝かせ、そして興奮混じりに叫《さけ》んだ。

「頼む！　俺に、作りたてのから揚げをごちそうしてくれないか!?」

第14章　から揚げ騒動

オレの思考が停止した。

だってそうだろう？　いきなり何を言われるのかと思ってたら、から揚げを作ってくれだよ？　そりゃ思考も止まるって話で。

ジークフリートもゲオルクも、同意するようにウンウン頷《うなず》いているし。何なんだ一体……。

「いや、これには深い事情があってな」

クラウスに代わってジークフリートが話してくれたのだが、要はこんなことらしい。

クラウスが久しぶりに龍人族の国を訪ねてきたこともあり、再会を祝してもてなしてやろうと考えたジークフリートは、ゲオルクに頼み、オレからのお土産である料理三品を宴《えん》席《せき》に並べた。

見たことも味わったこともない料理に舌鼓《したつづみ》を打つクラウスだったが、その中でも一番に気に入った料理がから揚げである。

それを見たゲオルクは、から揚げと共に添《そ》えておいた、オレからのメモを代読する。

「そのままでも十分美味《おい》しいから揚げですが、レモン汁《じる》を掛けたり、マヨネーズを添えると、また違った味わいになります」

なるほど、それはぜひ試《ため》してみなければと、レモン汁とマヨネーズで実際に食べ比べをしたのだが。

から揚げにはレモン汁を掛けた方が美味しい派のクラウス、マヨネーズを掛けた方が美味しい派のジークフリートで意見が真っ二つに分かれてしまい。

それからというもの、双方による全力のケンカが自然発生。仲裁《ちゅうさい》に入ろうとしたゲオルクは次のように場を収めたそうだ。

「用意したから揚げは冷めていて、正確な味を判断するには条件が悪い」

「作りたてのから揚げなら、どちらの調味料が合うのか、公平なジャッジができるだろう」

「タスク君にから揚げを作ってもらって、その場で食べ比べるというはどうだろうか?」

「将棋も指せるし、一石二鳥じゃないか」

……完全にもらい事故案件です。本当にありがとうございました。

それで場を収めちゃう二人もどうかしてるけど、ゲオルクも簡単にオレの名前を出すなって！　巻き込まれるこっちの立場にもなってみろよ！

はあ……。とはいえ、ゲオルクも必死だったんだろうな。古龍種とハイエルフの前国王のケンカとか、ゲオルク以外止められそうもないし。他に可能性があるならハンスだけど、いまはこの領地に滞在《たいざい》してるからなあ。

とはいえだ。原因の一端《いったん》がオレにないわけではない。親切心で書いたメモ書きがこんな騒動になるなんて。

眉間《みけん》を手で押さえながら頭痛に耐《た》えるオレだったが、気にも留《と》めずにクラウスが口を開く。

「ジークのおっさんが悪いんだぜ？　揚げ物なんだからさっぱりした調味料が合うはずなのに、あんな脂《あぶら》っこい物を勧《すす》めてくるんだからよ」

「……ほう？　いつから美食家気取りだ、小僧《こぞう》？　美味《うま》いものに美味いものを重ねれば、より旨《うま》くなるというのが世の真理。だいたい、さっぱりした味を求めるとか、歳を取りすぎたのではないのか？」

「はあっ？　年寄りはどっちだよ。アンタなんか二八〇〇歳のヨボヨボじじいじゃねえか」

「お？　なんだ、昨日の続きをやるか？」

「おぉ？　上等だ……。いい加減引退させてやるぜ、『賢龍王《けんりゅう》』さんヨォ……？」

今まさに「不運と踊《ハードラックとダンス》っちまった」的な、特攻《ぶっこみ》の世界観に包まれようとしている場を抑えたのはやはりゲオルクで、

「明日、タスク君がから揚げを用意してくれるまで我慢《がまん》するように」

と、説得してるんだかよくわからないセリフを残し、お茶を淹れてくると悠然《ゆうぜん》と席を立ったのだった。

ああ、やっぱり作ることは確定してるんですねと心の中で思いつつ、お茶の用意を手伝うために席を立ったオレを、ゲオルクは手で制した。

「悪いがアイツらを見張っていてくれ。いい大人がみっともなくて恥《は》ずかしいばかりなのだが……」

ヒソヒソ声に見合わない、ひときわ大きいため息をついたゲオルクにオレは問いかけた。

「ちなみになんですけど。ゲオルクさんはレモン派なんですか、マヨネーズ派なんですか？」

あいつらには言うなよと釘《くぎ》を刺してから、ゲオルクは続けた。

「そのままが一番美味い」

それ、完全に同意です。

やれやれ。この分だと、明日は朝から揚げ物をしなきゃダメなんだろうななんて覚悟《かくご》を

決めていたものの、実際に鶏肉と格闘《かくとう》を始めたのは翌日のお昼以降となったのだった。

それもそのはず、ジークフリートとクラウスを相手に夜通し将棋に付き合わされ、結局眠《ねむ》りについたのは、小鳥たちのさえずりが美しく響《ひび》き渡る早朝だったからだ。

この将棋もなかなかに大変で、全員が全員、腕前が同じぐらいだから、決め手に欠く対局を延々と続ける始末。

クラウスがジークフリートに「上達したな」とか言ってたらしいけど、あれは嘘《うそ》だね。義理の父親から何度「待った！」の声を聞いたことか。

そういうわけでぐだぐだとした対局の間、襲《おそ》いかかる眠気《ねむけ》を覚ますため、オレはクラウスと雑談を交わしていたのだ。

なんでもクラウスが旅に出ようと思ったのは、将棋がきっかけだったらしい。

「なんでまた？」

「マイナーなんだよ、将棋って。クッソ面白えのに、みんなやんねえからさ。それじゃ俺が大陸中に広めてやろうかなって」

そんな感じで各地を転々とし、行く先々で将棋の魅力《みりよく》を伝えている、と。

「へえ。それで？　将棋は広まったのか？」

「全然だな。みんなリバーシばっかりやってるわ」

ルールがシンプルな分、リバーシはこちらの世界でも好評で、リバーシ協会なるものもあり、頻繁に大会も開かれているそうだ。

他の娯楽《ごらく》としてはボウリング、ビリヤードがメジャーで、一部の地域ではサッカーが盛り上がっているとのこと。

「なんか、こう、将棋を広めるいいアイデアとかあればな。俺も苦労しねえんだけどさ」

肩《かた》をすくめるクラウスだったが、はっと何かを閃《ひらめ》いたようで、勢いよくこたつから立ち上がった。

「そうだ！『将棋をやれば、から揚げが食える』とか、そういう決まりを制定すればいいんじゃね⁉」

「まったくもって意味がわかんないし、食べ物ぐらい好きなものを食わせてやろうよ」

というか、どこまでから揚げに夢中なんだよ、この人。そのうち、から揚げ専門店を開くぞとか言いかねない雰囲気すらある。

……いやいやいや、まさかな？　前国王だし、そんなことはしないだろ。

一瞬、なんとなく嫌《いや》な予感が頭をよぎったものの、深くは考えないことにして、オレは再び将棋盤へと視線を落とした。

地下室に醬油《しょうゆ》が保存してあるということで、から揚げ作りは新居のキッチンで行うことになった。

来賓邸《らいひんてい》からは僅《わず》かな距離《きょり》にもかかわらず、クラウスはフードを被《かぶ》って移動する徹底《てってい》ぶりで、領民たちが不思議そうに眺めていたんだけど。

本人いわく、

「いや、ほら。前の国王とはいえ、俺、人気者だったからさ。騒《さわ》ぎになったら大変だと思って」

ハイエルフが移住している件を知り、気付かれないよう配慮《はいりょ》した結果、フードを被っておこうという結論になったと。不審者《ふしんしゃ》以外の何者でもないんだけどなあ。

一方、堂々と領地を闊歩《かっぽ》するジークフリートにしてみれば、それが滑稽《こっけい》だったようで。

「ふん、よく言うわ。ハイエルフの歴代国王の中で『もっとも威厳《いげん》がない』と陰口《かげぐち》を叩《たた》かれておったただろうに」

「は～……、これだから年寄りは嫌なんだよなあ。『もっとも親しみやすい国王』って讃《たた》えられてたっつーの」

険悪な雰囲気を打破したのは、しらたまとあんこの背中に乗りながら散歩中の妖精《ようせい》たちで、龍人族《りゅうじん》の王を見つけると、手を振《ふ》りながら声をかけるのだった。

「あら。将棋のおじさまじゃない。こんにちは！」

「おうおう。お前たちか、今日も可憐《かれん》だなあ」

「もう、お上手なんだから！　ゆっくりしていってね！」

みゅー！　と声を上げながら去っていくミュコランたちへ笑顔《えがお》を向けつつ、得意げなジークフリート。

「見たか、クラウス。親しみやすいとはこういうことをいうのだ」

「へーへー。わっかりましたよー」

つまらなそうに応じるクラウスの声を聞きながら、オレはオレで「王様なのに、将棋のおじさん扱《あつか》いされているのはいいのだろうか」という疑問が拭《ぬぐ》えなかったわけなのだが。

細かいことを突《つ》っ込んでいると後々長くなりそうなので黙殺《もくさつ》し、まっすぐ新居へ向かうことにした。


ジュワー！　パチパチパチッ！

油の中で奏《かな》でられるから揚げの音に耳を澄《す》ませながら、オレはうんざりした気持ちに陥《おちい》っていた。

いつもなら食欲を掻《か》き立てられるこの音に、胃袋《いぶくろ》から空腹の声が聞こえるはずなのだが。

後方から漂《ただよ》う殺気をどう鎮《しず》めようかと悩《なや》むばかりに、吐《は》き気《け》すら催《もよお》す始末である。

「やはりマヨネーズこそ至高……。そうは思わぬか、タスク？」

「やだやだ。若いやつに無理強《むりじ》いとか、老害の証拠《しょうこ》だろ。さっぱりしたレモン汁こそ、最高のマリアージュなんだよ。な？　タスク？」

……やっぱり揚げるの止めればよかったかな。

いろんな味付けのから揚げを用意すれば、その分相性《あいしょう》のいい調味料の意見も分かれるはずだろう。

そう思って、普通《ふつう》のから揚げ、塩味のから揚げ、にんにくたっぷり黒胡椒《こしょう》から揚げの三種類を用意したものの。

三種類のから揚げのすべて、自分の推《お》し調味料こそ抜群の相性であると、お互《たが》いに譲る気配がまったくないのだ。

最初仲裁に入っていたゲオルクも呆《あき》れ果てたのか、いまや一言も発せず、黙々《もくもく》と食べてるだけだし。

そもそもさ、『きのこの山・たけのこの里論争』じゃないんだから、自分が気に入ったほうを好きなだけ食べればいいじゃないか。

から揚げに貴賎《きせん》なし。『Ｎｏ　Ｋａｒａａｇｅ，Ｎｏ　Ｌｉｆｅ．』なのだ。から揚げの前に全《すべ》ては平等なわけですよ。

……なんてことを考えていたものの。

対峙《たいじ》するふたりの背後には、龍と虎《とら》の姿がなんとなく見えてしまうほど、張り詰めた空気になっちゃってるし。アレかな、ふたりともスタンド使いなのかな？

ゴゴゴゴゴ……という効果音が幻聴《げんちょう》として聞こえる最中、ジークフリートとクラウスは口を開いた。

「こうなれば、タスクに結論を出してもらおうじゃないか」

「そうだな。異邦人の故郷の料理だ。本場の味を知っているやつにジャッジしてもらおうぜ」

「タスク。遠慮はいらんぞ。そなたの『義理の！　父親！』でもあるワシに気を使う必要など、これっっっっっっっっぽっちもないからな？　な⁉」

「汚えぞ、おっさん！　そんな調子だから、最近嫁《よめ》に冷たくされてんだよ！」

「なっ⁉　よ、嫁のことは関係あるまいっ！」

ギャーギャーとまくしたてる賢龍王と前国王。……偉《えら》い人たちですよね、お二人とも……。

はあ……。これがなあ、ウチの奥《おく》さんたちみたいなカワイイ女の子から詰め寄られるなら、まだ悩みがいがあるってもんだけど。

詰め寄っているのは二八〇〇歳と九六〇歳のおっさんふたりだからな。頭も痛くなるってもんだ。

とはいえ、結論を出して場を収めないことには変わりなく。

瞬間的《しゅんかんてき》にあることを閃いたオレは、ゴホンと咳払《せきばら》いをひとつして、ふたりに向き直った。

「いいでしょう。オレがジャッジしましょう」

「よし！」

「遠慮なく言え！」

「から揚げと最高の相性。それは……」

「それは……」

「それは……」

「炊《た》きたての白米です！」

キリッ！　としたオレの表情とは打って変わり、二人とも目を見開いて黙ったままだ。

だってしょうがないじゃんか。どっちを選んだところで角が立つし、それじゃあこの場にないものを言って誤魔化《ごまか》すしか手はないんだよ。

しかしながら、あながち嘘を言っているわけではない。

炊きたての白米と揚《あ》げたてのから揚げほど、魅力的《みりょくてき》な組み合わせはないわけで。

衣《ころも》がカリッと、中から肉汁《にくじゅう》がじゅわぁっと溢《あふ》れ出すから揚げを、口の中で頬張《ほおば》りながら、休む間もなく炊きたての白米をかっこむ。

口中に広がる熱さで涙《なみだ》がにじむものの、ハフハフと忙《せわ》しく顎《あご》を動かしていけば、極上《ごくじょう》の味わいが身体全体へと広がっていくのだ。

別れを惜《お》しむように飲《の》み込み終え、そして、再び快楽の時間を満喫《まんきつ》すべく、ご飯の上に鎮座《ちんざ》した残りのから揚げを口元へ運ぶ。

無限に繰《く》り返される、この営みこそが究極――。

オレの力説を黙って聞いていたジークフリートとクラウスは、もはや言い争うことを止め、瞳を輝《かがや》かせながらゴクリと生唾《なまつば》を飲み込んでいる。

「そ、そんなに魅力的なものがあるというのか……」

「ええ。しかし、残念ながら、こちらの世界には米がないみたいで」

なんということだと本気で落ち込む龍人族の王。その気持ちは痛いほどよくわかりますとも……。

オレも何度となく構築と再構築の能力を使って試しているけど、いまだに米だけは作れないからなあ。

あー……。しかし、話していたら白米食べたくなってきたなあ。思い出さないよう我慢していただけ、余計に恋《こい》しくなってくるよ。

落胆《らくたん》から息を吐いたオレだったが、ここで思わぬ声を耳にする。

クラウスが決意を秘《ひ》めた表情で頷き、そして真《ま》っ直《す》ぐにオレを見やったのだ。

「よし！　その米ってやつな！　俺が探してくるわ！」

探してくるって、ものすごく簡単に言ってるけど……。

「心当たりがあるのか？」

「いんや？　まったく、これっぽっちもねえなっ！」

気持ちいいほどに断言するハイエルフの前国王は、それでも自信満々といった表情で続けてみせる。

「俺は植物の栽培《さいばい》と観察が趣味《しゅみ》でな。旅の途中《とちゅう》で珍《めずら》しい草花を見つけたら、その都度収集することにしてるんだ」

集めた中には貴重な薬草や草花もあり、国へ戻って栽培できるよう、それらの種子は忘れずに採取しておくそうだ。

「おっ、そうだ！」

クラウスは宙に魔法のカバンを出現させると、中から布袋《ぬのぶくろ》を取り出した。

「から揚げの礼をしようと思ってたんだ。お前にやるよ」

そうして渡《わた》された布袋の中には、様々な形状をした色とりどりの種子が詰《つ》まっている。

「これって、いま話していた珍しい植物の種子ってやつじゃ?」

「その通り!」

「受け取れないって。大陸中を回って集めてきた貴重なものなんだろ?」

「いいんだよ、また旅先で探せばいいだけだしさ」

ケラケラと声に出して笑いながら、クラウスは少年のような笑顔を見せる。

「そういうのを探すついでに、米ってやつも見つけてきてやるよ」

「そんな簡単に見つかるかなあ?」

「未開の地ってやつが結構残ってるからな。可能性はゼロじゃないぜ。ま、期待してなって」

それよりも、と間を置いて、突如《とつじょ》クラウスは神妙《しんみょう》な面持《おもも》ちになった。

「いま渡した種子なんだけど。栽培には気をつけろよ」

「なんでまた?」

「中には即死《そくし》するレベルの毒草とか、動物に寄生して育つ植物とかが交じってんだよな」

「……やっぱりいらない」

「大丈夫《だいじょうぶ》だって！　その中に五、六個しか交じってないからさ！」

軽く見ただけで百個はある種子の中に、危険物が五個交じってるとか、ソシャゲのガチャで最上級レアを引き当てるより確率が高いんですけど……。

せめてそれらを避《さ》けてはくれないかね。オレの言葉に、クラウスはそれもそうだなと頷いて、布袋を覗《のぞ》いた。

そして中身をじぃっと見ること数秒。

少しも悪びれることのない爽《さわ》やかな表情のまま、クラウスは絶望的なセリフを口にする。

「悪ぃな！　どれがどれだかわっかんねえわ！」


それからしばらく経《た》った後。

リアとクラーラに用があると薬学研究所へ向かったジークフリートとゲオルクを見送りつつ、オレはクラウスを伴《ともな》って新居内を案内していた。

ハイエルフの前国王も、オレの特殊《とくしゅ》能力である構築と再構築に興味があるようで、それらを用いた建築技術へ感心の眼差しを向けている。

「さっき渡したやつだけど。その能力を使って、毒草の種子を見つけるとかできねえの？」

「できるわけないだろ。っていうかさ、自分で集めて回ってるんだろ？　ヤバイ種子の特《と》《く》

徴《ちょう》ぐらい覚えておけって」

「ハッハッハ！　そりゃそうだな！」

心底愉快《ゆかい》そうに笑うクラウス。時折、覗かせる軽薄《けいはく》な一面は、本当に王様だったのかを疑問に感じさせるほどだ。

「そういやさ」

「んあ？」

壁面《へきめん》に施《ほどこ》された装飾《そうしょく》を見つめているハイエルフにオレは尋《たず》ねた。

「ルーカスって知ってる？　ハイエルフの国の交渉《こうしょう》窓口を担当してくれてるんだけど」

「ルーカス、ねえ？　……ああ、思い出した。あのブロンドの長髪《ちょうはつ》か」

「そうそう。イケメンの人」

「ちょっと変わってるけどな」

同じハイエルフの中でも、変わってるって思う人はいるんだなと少し安心。

「交渉窓口担当ね。随分《ずいぶん》と偉くなったもんだな、あいつも」

昔を懐《なつ》かしむように宙を見上げ、クラウスは再び視線を戻《もど》した。

「クセは強いが仕事のできる優秀《ゆうしゅう》な人物だよ。信頼《しんらい》していいだろうな」

「それならよかった」

「ハイエルフ絡《がら》みの問題なら俺に相談しろよ。話ぐらいは聞いてやるさ。ま、しょっちゅう旅に出てるから、いつでもってわけにはいかねえけどな」

それでも近いうちに必ず立ち寄るから、から揚げを用意しておいてくれ。

振《ふ》り向きながら続けると、クラウスはつい先程《さきほど》味わったばかりの料理を反芻《はんすう》するように、恍惚《こうこつ》とした表情を見せる。

「しかし、旅ってのはしてみるもんだな。あんな美味いモンが食えるなんて」

「次はから揚げと一緒《いっしょ》に、炊きたての白米が味わえるといいんだけどね」

「おう！　任せておけって。絶対に探し出してやるからよ！」

ドンッと力強く胸元《むなもと》を叩くハイエルフ。うーむ、から揚げへの情熱恐るべしだな。

米を探すついで、というにはちょっと面倒《めんどう》なお願いになるのだが、実はもうひとつ、クラウスに頼みたいことがあるのだ。

「……は？　香辛料《こうしんりょう》？」

「うん。米と一緒に探してもらいたいんだ」

「香辛料なら龍人族の国にもハイエルフの国にもあるだろう？　なんでまた？」

クラウスの疑問はもっともだ。しかしながら、オレの欲《ほ》しい香辛料は、残念なことにどちらの国にも存在してなかったのである。

オレがどうしても欲しい香辛料。それはカレー作りに使うスパイス類である。

正確に言えば、ターメリックやチリパウダーはあるんだけど、クミンなどは取扱《とりあつか》いがなく。

カルダモンに近い風味のものとか、惜しい香辛料こそあったものの、それらを使ったところでカレーには遠く及《およ》ばない、別の料理が出来上がるだけなのだ。

そんなわけで、大陸中を旅して回るクラウスに、見たことがない香辛料の収集をお願いできればと考えたんだけど。

当の本人はいまいち乗り気ではないようで、腕組《うでぐ》みをしながら、うーんと思《おも》い悩んでいる。

「香辛料、ねえ？　薬に使えるようなやつなら興味はあるんだけどなあ」

「カレーは身体にいいんだって。美味しくて滋養強壮《じようきようそう》にも役立つ、万能《ばんのう》だと思わないか？」

「でもなあ。香辛料だろ？　俺の守備範囲《はんい》外《がい》っていうかさ……」

相変わらずハイエルフの反応は鈍《にぶ》い。むぅ、こうなったら仕方ない。奥の手《て》を出すしかないか。

「そうか。ムリに頼んで悪かった」

「ま、今回は米探しだけで勘弁《かんべん》してくれ。そういうのはまた今度ってことで」

「そうだな。残念だけど仕方ない。から揚げとカレーの相性も極上だったんだけど……」

「……な…ん、だと……？」

「いやいや、気にしないでくれ。カレースパイスをまとわせたから揚げの、あの食欲を掻き立てる香《かお》りは味わってみないとわからないからな」

クラウスの長い耳がピクピクとわずかに動いている。よし、食いついたな。

「……ああ、それと。これは独り言なんだけど。から揚げと半熟卵を添えたカレーライスっていう料理は、元いた世界でも至高の組み合わせと言われているんだったなあ」

「……（ゴクリ）」

「から揚げを気に入ってくれたクラウスに、ぜひ味わってもらいたかったんだけど……。無理強いして探してもらうのは悪いし、諦《あきら》めるこ」

言い終えるよりも早く、オレの両肩《りょうかた》をガッチリと掴んだクラウスは、頬《ほお》を紅潮させながら声を上げた。

「何を言っているんだ、タスクッ！　俺とお前の仲じゃないか！　見たことのない香辛料のひとつやふたつっ！　俺が探してきてやるよっ！」

「……本当に？　迷惑《めいわく》じゃないのか？」

「バカなことを言うな！　俺たち、とっくに友達《ダチ》だろう!?　そんな頼みごとぐらいワケないさっ！」

キラキラと輝いた瞳でオレを見つめるクラウス。こうなることを見越《みこ》しての発言だったはずなのに、こうも上手《うま》くいき過ぎると、騙しているような感じがして心が痛むな。

多少の罪悪感を抱きつつ、せめて次にクラウスがやってきた際には、好きなだけから揚げを食べてもらって労をねぎらおう。

穢《けが》れを知らない少年のような表情のハイエルフを眺《なが》めやりつつ、オレはキロ単位でから揚げを用意しようと心に誓《ちか》うのだった。

第15章　種子問題

袋《ふくろ》の中にびっしりと詰まった多様な種子を眺めて、オレは小さくため息を漏《も》らした。

クラウスから貰《もら》った、種子の詰め合わせだ。珍しい種子があるという話なので栽培したいところなんだけど……。

危険な植物が育ってしまう可能性もあり、かといってせっかくいただいたものを捨てるわけにもいかない。

どうしたもんかなと畑の前で悩んでいる最中、オレの名を呼ぶ声が聞こえた。エリーゼとリアである。

やがて事情を知った二人は顔を見合わせると、とあるアイデアを口にするのだった。

「た、タスクさん。その種子を構築してみるのはどうですか？」

「ボクも賛成です！　万が一、毒草が交じっていたところで、他の種子と構築してしまえば、その効果も薄《うす》れると思いますし」

そうか、構築か。貴重な種子だから、そのまま育てないといけないっていう考えに囚わ

れていたよ。

そうと決まれば話は早い。その日の夕食後、紅茶と談笑《だんしょう》を楽しむ女性《じょせい》たちに事情を説明し、袋の中から好きな種子を一個選んでもらって、それらを構築する。

オレが適当に選んで構築しても良かったのだが。悪い意味での引きが強いので、危険な種子だけを当ててしまいそうな気がしたのだ。

そういうわけで、アイラ、ベル、エリーゼ、リア、クラーラ、ヴァイオレット、フローラの七人が一個ずつ選んだ種子を預かることに。

『ドラゴンボール』も七個集めたら神龍《シエンロン》が呼び出せたのだ。この七種類の種子の構築だって上手くいくに違《ちが》いない。

根拠《こんきょ》のない自信を持って臨《のぞ》んだ翌日。

試験用の畑へ足を運ぼうとしたオレは、とある二人組に捕《つか》まったのだった。

「ちょっとぉ、エリエリに聞いたわよぉ？　なんか面白《おもしろ》そうなことするんだってぇ？」

振り返った先にいたのはソフィアとグレイスで、面白いことはないんだけどなとは思いつつも、オレは経緯《いきさつ》を説明するのだった。

「――なるほど。無作為《むさくい》に選んだ種子を構築する。興味深いですね」

「それはいいんだけどぉ」

冷静な表情のグレイスに対し、ソフィアは必要以上に落ち込《こ》むと、わざとらしく呟《つぶや》いた。

「その種子を選ぶメンバーの中にぃ、私たちが入ってないってどういうことなのかなぁ？」

「いや、別になにもないけど……」

「私達だってぇ、たぁくんとは付き合いが長いはずなのにぃ、仲間はずれなんだもんなぁ」

「いやいやいや、近くにいた人に選んでもらっただけだから。特に深い意味はないんだって」

弁明を試みていると、グレイスまで悪ノリをし始める。

「ソフィア様。タスク様にとって私達は所詮《しょせん》、遊び相手、都合のいい女扱いだったのですよ」

「誤解を招くようなことを言うな！」

「はぁ～あ、ショックだなあ……。たぁくんがそんな不潔な男だなんて思わなかったたぁ……」

顔を手で覆《おお》い、二人はさめざめと泣きはじめる。絶対に演技だろっ！　演技なんだろっ⁉

……はあ、種子を選んでもらうだけなのに、どうしていわれもない不満をぶつけられなきゃいけないのだ。

オレは大きなため息をひとつつき、種子の入った袋を取り出して、ソフィアとグレイスの前に差し出した。

「お二人には大変恐《おそ》れ多いのですが……、よろしければこの中から一個ずつ種を選んでもらえないでしょうか？」

「えっ……？　いいのっ⁉」

「そんな名誉《めいよ》ある機会をいただけるなんてっ……！」

途端《とたん》に表情を輝かせるふたりの魔道士《まどうし》。いまのいままで泣いてたにしてはまばゆいばかりに素敵《すてき》な笑顔ですねえ、あなたたち……。

そんなこんなで、種子は二個追加され、合計九個で構築へ取り掛《か》かることに。

ふたりとも、当たり付きのくじを引くみたいな感じでウキウキしてたけど、ただ単に種子同士を構築するだけなんだよなあ。

手を振りながら去っていくソフィアとグレイスを見送っていると、今度は妖精たちに捕まってしまった。

「あら、タスクじゃない。何をしているの？」

「あっ、ご主人！　それ何スか⁉　食べ物っスか⁉」

「……食べ物……。美味しい……タスク…ちょうだい……」

周りを舞《ま》うように飛ぶココ、ララ、ロロの三人組。

食べ物じゃなくて種子、これから構築して育てるということを懇切丁寧《こんせつていねい》に伝えると、三人組はふんふんと何度も頷き、それから次々に声を上げた。

「よくわかったわ！　それなら妖精だけが使える祝福の魔法《まほう》を掛けてあげる⁉」

「遠慮《えんりょ》はいらないっスよ、ご主人！　自分も祝福の魔法《まほうか》掛けるっス！」

「…タスク……わたしも……掛けて……あげる…」

ココだけでなく、ララもロロも協力を申し出てくれる。それはそれでありがたいのだが。

「そうだわっ。他の妖精たちも集めて、みんなで祝福の魔法を掛ければいいんじゃないかしら⁉」

「それ、ナイスアイデアっスよ、ココ！」

「……みんな…呼ぶ……タスク…うれしい……」

……いやいやいや。お前たち三人の魔法だけで十分だよ、ホント。

「なにを言ってるのよ、タスク！　日頃《ひごろ》お世話になっているんだし、このぐらいはさせて頂戴《ちょうだい》！」

「そんな大げさな。第一、みんなを集めるのも大変だろ？」

「大丈夫よ！　みんなの分を合わせても、一時間ぐらいで祝福の魔法は終わるだろうし！」

いや、今日はこの後予定も詰まってるし、早く終わらせたいんだよ。

そんなオレの言葉を途中で遮《さえぎ》り、三人組は他の妖精たちを集めるために飛び去っていった。

まあ、好意そのものはありがたいし、一時間ぐらい待つことにしようか。

……なんてことを考えていたんだけど。

気まぐれで知られる妖精たちを集めることに、ココたちも苦労したらしい。

想像以上に時間がかかり、全員から祝福の魔法を掛け終えてもらう頃《ころ》にはすっかりお昼で、家を出てから実に四時間が経過していたのだった。


芽が出ない。

いきなりなにを話しているかと思われるだろうが、先日、構築した種子がまったく育たないのだ。

いつもであれば、作物は三日で収穫《しゅうかく》できたし、海ぶどうの樹木ですら一週間で育ちきっていたというのになあ。

その昔、とあるプロレスラーがこんな言葉を残してくれた。

「一＋一は二じゃねえぞ。一＋一は二〇〇だ！　十倍だぞ！　十倍！」

この謎《なぞ》理論が成立するなら、たくさんの手間がかかっている分、この種子はそれはそれは見事な作物や草花になるはずなのだ。

九人の女性が厳選した種子に、数十人の妖精たちが四時間も費やして祝福の魔法を掛けてくれたんだぞ？　立派に育ってもらわないと割に合わない。

もしかして構築に失敗したのかなという考えが一瞬《いっしゅん》頭をよぎったものの、クラウスから貰った貴重な種子をそう簡単に諦められるはずもなく。

しばらくは様子を見ようと思い直し、よっこらせと腰《こし》を持ち上げたところで、西の空から一体のドラゴンがやってくることに気付いた。

すっかり見慣れた紺色《こんいろ》の体躯《たいく》。アルフレッドがやってきたのだ。

先日の奇抜《きばつ》な格好から一転、清潔感のあるヘアスタイルと、シルバーグレイの細身なスーツに身を包んだ龍人族の商人は、少し照れた様子で執務《しつむ》室《しつ》のソファに腰掛《こしか》けている。

「ベルさんにコーディネートしてもらってしばらく経つのですが……。どうにも落ち着かないものですね」

「なにを言う。この前の奇妙《きみよう》な格好に比べたら、まともになったもんじゃぞ？」

執務《しつむ》用として設けられた椅子《いす》に寄りかかり、机の上に焼き菓子《がし》を広げ、それらを頬張りながらアイラは感想を述べている。

まったくもって同意しかないのだが、食べカスを床《ゆか》にボロボロ落とすのは注意してもらいたい。

ともあれ、リオのカーニバルでお馴染《なじ》み、半裸《はんら》同然、キラキラの衣装を着てこられたらどうしようかと思っていただけに一安心である。

「ああ、『ベルスタイル』シリーズのことですね。あの服も人気はあるのですよ？」

「……マジで？」

「熱狂的《ねっきょうてき》な愛好家がいらっしゃいまして。パーティ用のドレスとして着用されるそうです」

うーむ、あのキラキラした衣装で着飾《きかざ》ってパーティか。世界は広いな。

「先日、ファビアンさんも注文されてましたよ」

「は？　あの、キラキラしたやつを？」

「ええ。大変楽しみにされていたご様子で」

騒がしいヤツが騒がしい衣装を着るのか。想像したくもないけど、見た目にうるさそうだなあ。

紅茶を運んできてくれたカミラもこの話を耳にしていたようで、そう遠くない未来を想像したのか、氷の微笑《びしょう》を漂わせている。

きっと、思いつくだけの罵詈《ばり》雑言《ぞうごん》を浴びせて反応を楽しむんだろうなあなんてことを思いながら、出された紅茶をひとすすり。

「雑談はさておきだ。そろそろ仕事の話をしようか」

「そうですね」

そうしてアルフレッドから切り出されたのは、そのファビアンから預かってきたという、様々な鉱石についてだった。

「魔法石の媒体《ばいたい》作りに役立つであろう素材ですね。どれも入手しやすいものだそうです」

ただし価格はバラバラで、ものによってはある程度の支出は必要だろうとのことだ。財務を圧迫《あっぱく》するような取引は避けたい。ソフィアとグレイスに頼《たの》んで、適切なものを探してもらうことにしよう。

「そのように取り計らいます。それとファビアンさんから、もうひとつ預かっているものが」

追加で差し出されたのはかなりの枚数の銀貨で、アルフレッドいわく、酒場における売上の一部だそうである。

「なんでまた？」

「ファビアンさんが仰《おつしや》るには、『水流式回転テーブル』の使用料だと」

「あー……」

回転寿司《ずし》のレーンテーブルを真似《まね》して作ったあれか。わざわざ使用料を払《はら》ってくれるなんて律儀《りちぎ》だな、あいつも。

「権利関係は重要ですからね。クリアにしなければ、商売はできません」

「それにしても、結構な額だと思うんだが。そんなに儲《もう》かってるのか？」

「それもう、連日大繁盛《だいはんじょう》です」

新しい物好きな人たちに大ウケで、ここ最近は二時間待ちの行列ができるほどらしい。

某《ぼう》ネズミーランドのアトラクション並みの人気だな。ファストパスでも発行したほうがいいんじゃなかろうか。

「ファビアンさんから伝言を頼まれましたよ」

「へえ。なんだって？」

「『ハッハッハ！　タスク君！　お陰様《かげさま》で新事業は大成功さ！　そこで心の友である君にお願いがあるのだが……』」

ポージングと声色《こわいろ》まで真似てアルフレッドは続けるが、要は支店を出したいから、『水流式回転テーブル』を作ってくれないかということだった。

なるほどね。一緒に素材を持たせたのはそのためか。魔法石がないと動かないからな、あの設備。

「ま、ご期待に応《こた》えられるかはわからんが、なるべく努力しよう」

「ええ。……ああ、それと、これは個人的な話になるのですが」

アルフレッドは軽く咳払いをひとつして、整えられた頭髪《とうはつ》をかきむしった。

「僕《ぼく》も拠点《きよてん》をこちらへ移そうと考えています」


アルフレッドが引っ越《こ》してきたのは、それから四日後のことだった。

拠点をこちらへ移すという話を聞いた時は驚《おどろ》いたが、領地の拡大につれ、離《はな》れながら財務を担当するのが難しくなったそうだ。

それはなんというか、大変申し訳ないなと口にするオレに、龍人族の商人は首を横に振ってみせる。

「いえいえ。執事《しつじ》であるハンスさんに財務をお任せしておくわけにもいきませんし。それに僕はタスク領の専属商人ですから、どうかお気になさらず」

アルフレッドが言うには、最近の商売も貴族相手の御用聞《ごようき》きがほとんどで、注文される物もウチの領地の特産品ばかりだから、むしろ都合がいいらしい。

とは言うものの、商人として行動の自由が利《き》かなくなるのも事実なわけで。

せめて何かしらオレにできることはないだろうかと持ちかけたところ、アルフレッドは自分の家を建てて欲しいという要望を口にした。

「新居には空き部屋があるし、一緒に暮らすのはダメなのか？」

「お気持ちは嬉《うれ》しいのですが、新婚《しんこん》でもある三毛《みけ》猫姫《ねこひめ》の邪魔《じやま》をするのは心苦しいので……」

標的にされたアイラは耳をピンと立てて、顔を赤らめる。

「な、な、なにをぅ⁉」

「アッハッハ！　失礼しました。僕もひとりの時間が欲しいですからね。別の家でお願いしたいところなのですよ」

わかったと頷《うなず》き、オレは最優先でアルフレッドの住居建設に取り掛かることにした。

みんなの助けもあり、わずか三日後に完成した新居へ引っ越しを終えたアルフレッドは、休む間もなく精力的に動き始める。

手始めに着手したのが、ファビアンから受け取った鉱石類の件だ。

ソフィアとグレイスを交えて試行錯誤《しこうさくご》した結果、中でも『緑目龍《りよくもくりゆう》の眠《ねむ》る夜』という、漆《しつ》黒《こく》とエメラルドグリーンの二色でグラデーションされた鉱石がいいのではという結論に至ったのである。

ハイエルフの国から産出される物で、鉱石自体、適度に魔力《まりよく》を秘めているらしい。

現在、ハイエルフの国との交易は、一部の商品に対し金銭を支払《しはら》ってもらっている状況《じようきよう》なので、その分をこの鉱石に代えることはできないだろうか。

アルフレッドに相談したところ、先方の窓口であるルーカスと話し合ってきますと、早《さっ》速《そく》ハイエルフの国へ出かけてしまった。

近くにいることで、改めて実感するその心強さをありがたく思いながら、ここ最近、すっかり日課となってしまった観察記録をつけるべく、オレは試験用の畑に足を運んだ。

構築した種子は十日が過ぎても反応がなく、あと二、三日続くようなら流石《さすが》に諦めるか……なんてことを考えていたけれど。

今日になって、それがようやく発芽しているじゃないか！

いやはや、ここまで長かったなあ……。長かった割に、出た芽は小さいし、不安が拭《ぬぐ》えないのは事実なんだけど。

とはいえ、明るい兆《きざ》しには変わりないわけで。順調に成長してくれることを願いつつ、踵《きびす》を返そうとした、その時である。

どんよりとした雰囲気《ふんいき》を漂《ただよ》わせたソフィアが現れ、オレの前に立ちふさがったのだ。

憂鬱《ゆううつ》という言葉を辞書で引いたら、その用例として登場しそうな表情を浮《う》かべ、ツインテールの魔道士はオレを裏手へ連れて行く。

「ちょっと、たぁくん。アレなんなのよぉ？」

「アレって？」

「アルフレッドさんのあの格好に決まっているでしょぉ⁉」

今日もバッチリとフルメイクを決《き》め込んだソフィアは、理解できないとばかりに頭を振った。

「ファッションに無頓着《むとんちやく》でぇ、奥手《おくて》っぽいところがアルフレッドさんのいいところだったのにぃ……。何なのぉ？　突然《とつぜん》オシャレに目覚めちゃったっていうのぉ⁉」

「領主に仕える立場だし、身だしなみを整えようと思ったらしいぞ」

「ほらぁ、やっぱりたぁくんが原因じゃないのぉ」

「誤解だっての。オレは何も言ってないって。人から指摘《してき》されて、本人が変えようと思っただけだからな」

本当はハンスに注意されたからなんだけど、名前を出すと後々厄介《やつかい》になりそうなので黙《だま》っておこう。

オレもコーディネートをベルに頼んじゃったしな。迂闊《うかつ》なことは言えない。

「はぁ……。お金を持っててぇ、そこそこ偉《えら》くてぇ、女性に免疫《めんえき》が無さそうでぇ、なおかつチョロそうなのがアルフレッドさんの魅力《みりよく》だったのにぃ……」

それ、絶対褒《ほ》めてないよなという言葉を並べ、ソフィアは大きなため息をついた。

「あの格好だったらぁ、他の女たちが放っておかないじゃない！」

「オレが知るか」

「アルフレッドさんもアルフレッドさんでぇ、この間からグレイスとばっかり話している
みたいだしぃ……」

「……オレが知るか」

平静を装いつつも、返事が淀《よど》む。

そんなオレをジト目で見やりつつ、ソフィアは訝《いぶか》しげな声を上げた。

「ひょっとして何か知ってるんじゃないでしょうねぇ……？」

「なにも知らないって」

「はあ……、まあいいわぁ。確かにね、私から見ても、グレイスは美人ようぅ」

ノーメイクでも素顔《すがお》は綺麗《きれい》だし、スタイルも抜群《ばつぐん》で、頭も切れる。もっとも親しい人物の長所を次々と挙げ、最後に胸元へ手を当てた魔道士は、しみじみと呟いた。

「……男ってぇ、やっぱりおっぱいの大きい女性の方が好きなのかしらぁ？」

「唐突《とうとつ》にどうした？」

「だって私ぃ、グレイスと違ってぇ、おっぱいちっちゃいしぃ……」

「……胸の大きさは関係ないと思うぞ?」

思っていたことを素直《すなお》に口にしたのだが、ソフィアはお気《き》に召《め》さなかったらしい。

「フンだ。そりゃあねぇ、たぁくんには関係ないでしょう。美人でカワイイ奥《おく》さんが四人もいるんだものぉ。おっぱいだって、よりどりみどりじゃない!」

「胸基準で嫁《よめ》を選んだわけじゃねえ!」

「いいもんいいもん。どうせ私はペチャパイですよぉ……」

ダメだ。全く聞く耳持たないなコイツ。

どうしたもんかと悩《なや》んでいると、短い時間で立ち直ったソフィアは、オレの目と鼻の先に人差し指を突《つ》き出して言い放った。

「いいこと、たぁくん。アルフレッドさんに言い寄る変な女が現れたらぁ、仲良くさせないように遠ざけるのよぉ?」

「無茶《むちゃ》言うなよ」

「たぁくんは領主で、アルフレッドさんは直属の部下なんだしぃ、そのぐらい簡単じゃない」

その理屈《りくつ》でいうなら、お前もオレの直属の部下になるわけで。お前の行動を制御《せいぎょ》できてない時点で色々と察してもらいたいんだが。

「とにかくっ！　変な女とアルフレッドさんがくっつくようなら承知しないんだからぁ！」

「承知しないって言われてもなあ……」

「……次の即売会《そくばいかい》。たぁくんをモデルにした、異邦人《いほうじん》総受け本を頒布《はんぷ》してもいいのよぉ？」

「ナマモノ、マジでやめろって……」

創作を盾《たて》に脅迫《きょうはく》するのは道徳的によろしくないので、それだけはキツく説教しておいた。

まったく、なにかあるとすぐオレをモデルにしてBLを作ろうとするからなコイツ……。

ソフィアはというと、すっかりいじけてしまったようで、ツインテールを揺《ゆ》らすこともなく、トボトボと力なく帰っていく。

言動はさておき、ソフィアも恋《こい》する乙女《おとめ》に違いないんだな。なんとかしてやりたいけど、アルフレッドがグレイスに好意を抱《いだ》いていることを知っちゃってるしなあ。

せめてソフィアの気持ちを、そこはかとなくアルフレッドに伝える努力をしてみよう。無駄《むだ》に終わるかもしれないけど、あとはどうにでもなぁれ。


ハイエルフの国からアルフレッドが帰還《きかん》したのは数日後のことで、ルーカスと行われた会談の内容について、オレは執務室で報告を受けたのだった。

数日後に二回目となる移住者達《たち》が羊を伴ってやってくることや、金銭に代わり『緑目《りょくもく》龍《りゅう》の眠る夜』を交易品に加えることなどを取りまとめてくれたそうだ。

「さすが、仕事が早いな」

「大まかな取り決めは、すでにファビアンさんがやってくれていましたから。僕がやったのは簡単な仕事ですよ」

謙遜《けんそん》するアルフレッドだが、どうにも落ち着かないようで、そわそわと浮足立《うきあしだ》っているようにも思える。

「どうした？　何かあったのか？」

「いえっ、別に！　そ、その、報告も終わりましたし、席を外してもよろしいですか？」

「……？　もしかしてトイレ行きたかったとか？　それなら遠慮なく言ってくれたら」

「あの、そうではなくて、ですね」

あー、とか、うー、とか唸《うな》った後、躊躇《ためら》いがちにアルフレッドは口を開いた。

「そ、その……。グレイスさんは本日どちらにいらっしゃるか、おわかりになりますか？」

「グレイスなら、今日はカフェで店番してると思うけど……」

「そ、そうですか……」

ああ、なるほど。ハイエルフの国で買ってきたお土産《みやげ》を、グレイスに手渡《てわた》したいのか。

あえて尋ねると、龍人族の商人は心底驚いた様子で、どうしてわかったのかと不思議がっている。

「いや、バレバレだって。気付かないほうがおかしい」

「そ、そうですか？」

「それで？　何を買ってきたんだ？」

「髪飾《かみかざ》りです！　紫《むらさき》の髪《かみ》が美しいグレイスさんに似合うと思って！」

そう言ったアルフレッドは嬉しそうに、スーツの内ポケットから丁寧《ていねい》に梱包《こんぽう》された箱を取り出した。申し訳ないけど、これはソフィア、望《のぞ》み薄なんじゃないかな？

……と、思ったものの、ついこの間、ソフィアと話をしてしまった手前、なにもしないというわけにもいかず。

「あー……。なんだな、その、アレだ。グレイスだけにお土産っていうのも角が立つんじゃないか？　ほら、世話になってる相手が他にもいるだろ？　たとえば、そう。ソフィアとか」

なんて具合に、遠回しに伝えることしかできなかったわけだ。

で、オレの言葉にアルフレッドは胸を張って、

「大丈夫《だいじょうぶ》です。そこは抜《ぬ》かりないですよ！」

とか言うもんだから、「お。もしかしてソフィアのこと、気付いているのか」なんて一

瞬期待したものの。

「ソフィアさんのお土産もちゃんと買ってきてあります！　ハイエルフの国の焼き菓子《がし》詰《つ》め合わせを！」

得意げな顔でそう続けられてしまい、オレとしてはただただ乾《かわ》いた笑いを浮かべることしかできなかったのだった。

力になれず、すまんなソフィア……。焼き菓子を用意される時点で、多分、お前に脈はない……。

第16章　桜

例の種子の続報なんだけど。事態はようやく好転し始めた。

十日以上かけてようやく芽が出たかと思いきや、それからの成長速度は恐ろしいほどに早く、作物か草花が育つかなという予想に反し、気がつけば立派な樹木になっているという現状なのだ。

そこまでは良かったんだけど……。

問題はここからで、なんと表現したらいいだろうか。樹木として明らかに形状がおかしいのである。

真正面から見て、左半分は天に向かってまっすぐ枝が伸《の》びているのに、右半分の枝は明らかにしだれて、地面に向かっているし。

かと思えば、立派に生育しているにもかかわらず、いまだに葉っぱだけしか生えない状況で、ひとつたりとも花が咲《さ》かないのだ。

葉の形からして広葉樹っぽい気もするんだけど、こんな樹木見たこともないしなあ……。

「私も見たことないわねえ……」

オレの右肩《みぎかた》に腰掛けてココが呟く。

「ねえ、タスク。アナタ、構築の際、何かしたのではなくって？」

「なにもしてないって」

「どうかしら。私達の祝福の魔法は完璧《かんぺき》だったもの。異邦人って少し変わってるし、貴方《あなた》が怪《あや》しいと思うの」

樹木が育たないだけで酷《ひど》い言われようだな、おい。

「まあまあ、ココ。ご主人のことをそんなに疑っちゃダメっスよ」

左肩《ひだりかた》に鎮座《ちんざ》するロロが声を上げる。

「ご主人のことっス。時間を掛けてでも、ちゃんと育ててくれるっスよ」

「そうかしら？」

「そうに決まってるっス！　食べたことのない、美味《おい》しい木の実がなるはずっス！　楽しみにしてるっスよ！」

信じてもらえるのは嬉しいけど、一方的に決めつけられるのは困るなあ。

「……美味しい……？　……きのみ……。タスク……わたし……たべたい……」

頭上で寝転《ねころ》ぶララが声に出すと、ココとララがそれに応じる。

「いいわね。そうと決まればこれからティータイムにしましょう」

「自分、エリーゼさんの淹《い》れた紅茶が飲みたいっス、ご主人！」

「わかった、わかった。それじゃあ、いったん帰るとするか」

……と、その前に。オレは「試《ため》したいことがあるんだよね」と足を止めると、樹木から伸びる枝を一本手に取った。

おもむろに呟いた「再構築《リビルド》」の声と共に、掴《つか》んだ枝は種子へと変化していく。

何本かの枝を種子に変えたところで、オレはそれらを地中に埋《う》めたのだった。

「なにしてるの？」

「この木が上手く育たなかった時のための保険だよ」

要は数打ちゃ当たる方式だ。途中《とちゅう》で成長が止まってしまったとしても、他の種子に可能性を見いだせればそれでいい。

もっとも同じ木から採取した種子なので、植えたところで結果は同じになるかも知れないけど。ま、それはそれ。試す価値はあるだろう。

もしヤバそうなものに育ってしまったら、ガス抜きがてら、ソフィアに爆炎魔法《まほう》を頼んで焼き払ってもらえばいい。

そんな風に考えていたのだけど、そんな不安は杞憂《きゆう》に終わるのだった。

翌日になって急につぼみを付けた樹木は、さらにその翌日から開花を始め、いまでは五分咲《ざ》きといったぐらいにまで花々を見ることができる。

待望の開花であり、構築の成果でもあるので、実際にこの目で見るのを楽しみにしていたんだけど。

「……これは完全にアレだよな……」

五枚の花びらが重なり合う星のような形状。ピンクと白を調和させた淡《あわ》い色彩《しきさい》。

ええ、どこからどう見ても桜なわけです。日本人なら誰《だれ》もが愛する、春の花ですよ。

しかも、濃《こ》いピンク色をした桜と、淡いピンク色をした桜が入り交じって咲いているというトンデモ仕様。

真正面から見て、左側の真《ま》っ直《す》ぐ天に伸びる枝と、右側の地上へ垂れる枝の両方へ花を咲かせちゃっているもんだから、一般的《いっぱんてき》な桜の光景だけでなく、しだれ桜も同時に楽しめちゃうし。

……確かにね、いまのいままで、何度となく構築の能力を使い、デタラメな植物を作ってきましたよ。それは認めますとも。

でもさ、これはどうだ？　いくらなんでもハチャメチャ過ぎやしないかい？

「アナタの能力がデタラメなのは、とっくの昔にわかりきっていたことじゃない」

頭を抱《かか》えるオレの右肩へ腰掛け、ココが呟いた。

「というか、このサクラという花を探していたんでしょう？　それなら咲いたことを素直に喜びなさいな」

「そうですよ！　ボク、こんな綺麗な花を見ることができて、感動してるんですから！」

並び立つリアが表情を輝《かがや》かせ、興奮したように声を上げる。

「タスクさんはやっぱりスゴイです！　見たこともない花を咲かせられるんですもの！」

個人的には、昔話でいうところの『花咲《はなさ》か爺《じい》さん』になった気分だけどな。

「これなら父も喜びます！　ず～～～っと前から、桜が見たい桜が見たいって言ってましたし」

……あ。そういえば、桜の木を育てるきっかけは、ジークフリートからの宿題だったな。すっかり忘れてたけど。

「日本で見るような桜とは違うんだけど、満足してもらえるかなあ？」

「そもそも世界が違いますし、樹木の形が違うなんて些細《ささい》な問題じゃないですか？」

「そんなもんかねえ？」

「そんなもんです！　もし父が納得《なっとく》しないようだったら、ボクが説教してやるんですから！」

力強く言い放ち、リアはファイティングポーズを取ってみせる。古龍種同士の親子ゲンカは、領地が破壊《はかい》されそうなので控《ひか》えめにお願いしたい。

ま、とにかく、この樹木が厳密に桜かどうかはわかんないけど、こちらの世界ではこれが桜だと思うことにしよう。

そもそも誰も桜を見たことがないからな。これは間違《まちが》いなく桜だと断言してしまえばいいのだ。

はいっ！　そんなわけでこれは桜です！　もう、異論反論は受け付けません！　桜なのですっ！

よし、脳への刷《す》り込み完了《かんりょう》。そんなわけでアルフレッドに手紙を託《たく》し、ジークフリートたちを花見に招くことにする。

「父にお披露目《ひろめ》するんですか？」

「それもあるんだけど、お花見をしようと思ってさ」

お花見というものを知らないらしく、リアは首を傾《かし》げている。

満開の桜の樹の下で、花を愛《め》でながら会話と料理を楽しむ宴席《えんせき》のことだと教えてあげると、リアは顔をほころばせた。

「それは楽しそうですね！　ごちそう、いっぱい用意しないと！」

「だな。エリーゼやメイドたちにお願いして、料理の準備を始めようか」

「はい！　あっ、でも……」

急に沈《しず》んだ表情へ変わり、リアは心配そうに声を上げる。

「エリーゼさん、このところ様子がおかしくないですか？」

「おかしい？」

「はい……、なんだか上の空って感じで。話も聞いているのかどうかわからないし……」

……そういえば、今日の朝食の席でもぼーっとしていたな。いつもは六個ぐらい白パンを食べるのに、今日は二個しか食べてなかったし。

「体調が悪いようでしたら、ボクがお薬を調合するんですけど。そうではなさそうですし……」

うーん。本人に事情を聞いてみるのが早いかも知れないなあ。

オレが直接話をするので、あまり考《かんが》え込まないようにとリアには伝えておく。心優《こころやさ》しい古龍種の姫《ひめ》は、くれぐれもよろしくお願いしますと頭を下げた。

ついこの間、同人誌の話をした時は元気だったんだけど、なにかあったんだろうか？

真相を確かめるべく、オレはエリーゼと会うため、新居に足を運んだ。

第17章　米と香辛料

作業部屋で原稿《げんこう》に取り組んでいるだろうかと思いきや、新居の玄関《げんかん》を開けて早々、オレはエリーゼの姿を視界に捉《とら》えたのだった。

愛らしいハイエルフは、美しいブロンドの髪を三つ編みにし、畑仕事の帰りなのか、カゴいっぱいの野菜を抱えて、エントランスに佇《たたず》んでいる。

キッチンに向かうでも、地下室へ向かうでもなく、ただただぼーっと突っ立っている様子が心配になり、オレは思わず声を掛《か》けた。

「どうしたエリーゼ？」

「……はい？」

「野菜持ってるけど……、畑から戻《もど》ってきたのか？」

「……あっ？　えっ！　た、タスクさんっ⁉」

驚いた拍子《ひょうし》にバランスを崩《くず》し、転びそうになるエリーゼの身体を抱きかかえる。

「大丈夫か？」

「あぅ……、す、スミマセン……！　そのっ、ぼーっとしてて!!」

カゴから落ちた野菜を拾い上げつつ、慌《あわ》てふためくエリーゼの元へ返していく。

「この間から、調子悪いみたいだけど……。もしかしてどこか具合でも悪いのか？」

「い、いいえ！　そんなことはっ！」

「なら、なにか悩み事《ごと》でも？」

「…………」

途端《とたん》に口ごもるエリーゼ。どうやら後者が正解らしい。

「悩み事、オレで良ければ話を聞くぞ？」

「い、いえ、その……」

「話すことができない内容だったら、ムリにとは言わないけど」

「そ、そういうわけではないのですが……」

真一文字に口を結ぶハイエルフの暗い表情に、オレは頭をボリボリとかいた。

どうやら深刻な内容みたいだな……。ムリに聞き出すのも悪いし、どうしたものか。

しばらくの沈黙《ちんもく》の後、「気が向いたら話してくれよ」と口を開こうとしたオレより先に、意を決した顔でエリーゼが切り出した。

「な、悩み事というか、その……。ど、同人誌即売会のことでちょっと……」

執務室に場所を移した後、エリーゼの口から語られた話は、少なくともオレにとって深刻な内容ではなかった。

「即売会の会場が見つからない？」

こくりと小さく頷くエリーゼ。彼女《かのじょ》が話してくれたのは次のようなことだった。

人間族の戦争の影響《えいきょう》により、中止になってしまった冬の即売会。

過ぎたことは仕方ない、気分一新、夏の即売会に向けて準備をしようと、各々《おのおの》のサークルは張り切っていたものの。

つい先日、夏の開催地《かいさいち》であるダークエルフの国の北部から使いがやってきて、即売会を実行するのは難しいだろうという連絡《れんらく》を受けてしまった。

戦争が終結した後も国境付近は治安の回復が見込《みこ》めず、参加者の安全が確保できないというのがその理由である。

「どうしてエリーゼに連絡が来たんだ？」

「か、幹事役は持ち回り制になっているんです。こ、今回はワタシが担当のひとりで……」

連絡を受けてからしばらく代替地《だいたいち》を探していたものの、候補となる場所が見つからず、途方《とほう》に暮れていたと。

ふむ、ぼーっとしていたのはそれが原因かと理解したところで、わからないことが。

「前に即売会を開催《かいさい》した場所を使わせてもらうのはダメなのか？」

「そ、それが難しいんです。は、頒布しているものが、その……き、際どい内容ばかりなので、ひ、人目につかない場所を選ぶ必要があるといいますか……」

この世界ではタブーとされている同性愛の作品が、外へ漏《も》れ出ないよう、計画は極秘裏《ごくひり》に進めなければならない。

以前に開催した即売会の情報を他の人が知っている可能性も捨てきれないため、同じ場所は二度と使えない。

「楽しそうだと思っていたら、思いのほか大変なんだな……」

「ひ、開いてしまえば、即売会自体は楽しいのですが。じ、準備は大変ですね……」

ほとほと困り果てた様子で呟《つぶや》くエリーゼ。う～ん、どうにかならないもんかなあ？

「ウチの領地で開くっていうのはどうだ？　領主のオレがオーケーすれば問題ないんじゃ？」

「た、タスクさんのお気持ちは嬉しいのですが、それは難しいかと」

「なんでさ？」

「こ、ここは一応、龍人族の国に属してますし、法も龍人族の国のものが適用されます。

ざ、残念ながら龍人族の国では同性愛が……」

「認められていない、か……」

そんなことはないとは思うけど、万が一、領民の誰かが内部告発するようなことがあったら、大事になってしまうな。

参加者全員を守れる保証もないし、なかなかに悩ましい。

視線を宙にやりながら思考を巡《めぐ》らせていると、エリーゼは精一杯《せいいっぱい》の笑顔《えがお》を浮かべてみせた。

「だ、大丈夫です！　ま、まだ時間はありますし、なんとかなりますよ！」

「なんとかなるって……、厳しいんだろ？」

「い、いえっ！　タスクさんに相談できただけでも、気持ちはかなり整理できましたから！　へ、へっちゃらです！」

すくっとソファから立ち上がり、エリーゼは頭を下げる。

「お、お話、聞いてくださってありがとうございます！　ワ、ワタシ、頑張《がんば》りますから！」

呼び止めるのを聞かずに、執務室《しつむしつ》を出ていくエリーゼ。強がっているのがバレバレなんだよなあ。

愛《いと》しの奥さんのためだ。なんとかしてやりたいところだけど、どうしたもんか。いいアイデアが思いつけばいいんだけど。

考えを巡らせながら、ふと窓辺を眺《なが》めやる。すると、こちらへ向かってくる人物を視界に捉えた。

フードをまとったその人物もオレに気づいたようで、両手を大きく振《ふ》っている。それから顔を覆《おお》い隠《かく》したフードを取り、素顔を晒《さら》してみせた。

ハイエルフの国の前国王、クラウスがやってきたのだ。


約束通り戻ってきたぜと口にしながら、執務室のソファに腰掛《こしか》けたクラウスは、部屋まで案内した戦闘《せんとう》メイドに屈託《くったく》のない笑顔を向けた。

「ありがとな、カミラ。あ、俺《おれ》がここにいるのは他のみんなには黙っていてくれよ？」

「かしこまりました。ただいまお茶をお持ちいたします」

一礼して立ち去るカミラを見やってから、オレはクラウスの対面へと腰《こし》を下ろす。

「カミラのことを知ってるのか？」

「まあな。ゲオルクのおっさんの家で何度か会ってるし」

「それにしても、旅から戻ってくるのが早かったな。てっきり、もっと時間が掛かるもんだと思ってた」

「ああ。今回は人間族の国だけが目的だったからな」

「連合王国と帝国《ていこく》か。なんでその二カ国が目的だったんだ？」

「酷《ひで》ぇなあ。お前の頼《たの》みを叶《かな》えるために決まってんじゃねえか」

空中に魔法《まほう》のバッグを出現させたクラウスは、その中から小さな布袋を取り出して、テーブルの上に放《ほう》り投《な》げた。

「ほい、お前のリクエストはこれだろ？」

布袋の中には薄茶色《うすちゃ》をした細長い実が詰《つ》まっており、見覚えのある懐《なつ》かしい形状に驚いたオレは、思わずクラウスの顔を見つめた。

反応を楽しむように、ニカッと笑うハイエルフの前国王。オレは再び視線を落とし、生つばを飲《の》み込《こ》むと、布袋の中から数粒《すうつぶ》を手に取ってまじまじと観察する。

日本にいた頃《ころ》と多少形は異なるものの、全体を籾殻《もみがら》に覆われたそれは、恋《こ》い焦《こ》がれていた穀物と確認《かくにん》するには十分過ぎるものだった。

「米だ……」

「お。やっぱり当たりだったか」

「どこでこれを？」

「だから、人間族の国だって言ってるだろ？」

クラウスいわく、オレから米の特徴《とくちょう》を聞いた際、その穀物に該当《がいとう》するものを見かけた記《き》憶《おく》がないと考えたそうだ。

それならば、あまり通い慣れてない土地の方が発見できる可能性は高いんじゃないかと、連合王国と帝国の二カ国に探索《たんさく》の範囲《はんい》を絞《しぼ》ったらしい。

「探し回った結果、連合王国の外れにある寒村で見事にゲットってワケだ」

「米を栽培《さいばい》している村があるのか」

「いや、それがそうでもねえんだわ」

「……?」

「土壌《どじょう》が悪いようでな。主食にするほど量が収穫《しゅうかく》できないんだと」

その寒村では先祖代々から伝わる穀物として、絶やしてはならないと米の栽培を続けていたものの、土壌の悪化に伴《ともな》い、年々、収穫量《しゅうかくりょう》は減少していく一方であった。

おまけに昨年は作物の疫病《えきびょう》も相まって、村では食糧難《しょくりょうなん》が発生。これを機に米の栽培を止めて、厳しい土壌でも育つイモ類に切り替《か》えようとしていた。

「ま、厳しい土壌って言ってたけどよ。俺が見たところ、単に栄養不足なだけだったわ。肥料が足りてねえんだな」

性質を改善するための知識を教えた礼として、種籾《たねもみ》を分けてもらったそうだ。

「あの分なら、米の栽培は続けられるだろうな。ま、食うに困ってるみたいだから、結局イモに切り替えるかもしんねえけど」

「そうか……」

「で？　ここでも育ちそうか、それ？」

話題を切り替えるように、身を乗り出したクラウスはオレの顔を覗《のぞ》き込む。

「ああ。試してみないとなんとも言えないけど、多分大丈夫だと思う」

「そりゃ良かった。から揚《あ》げと一緒《いっしょ》に食うのを楽しみにしてるんだ。期待してるぜ」

銀色の長い長髪《ちょうはつ》をかきあげたハイエルフの前国王は、バッグから更《さら》に布袋を取り出した。

「そうそう。あとこれもお土産な」

次々にテーブルへ放り投げられていく布袋は、全部で三十個はあるだろうか。

かすかに漏れ出す独特の香《かお》りから、オレはその中身が香辛料であることに気がついた。

「どれが目当てかわかんなかったからよ。まとめて買ってみた」

「こんなにたくさん！　これも連合王国で？」

「半分はな。残りは帝国だ」

人間族の国は香辛料が育ちやすい地域なのだろうか。色とりどりのスパイス類は見ているだけで楽しい。

「小分けは面倒《めんどう》くせえから、ひと袋《ふくろ》にまとめてくれよって言ったんだけどな。とんでもないって商人から止められちまった」

ハハハと笑うクラウス。この前の種子と同じ過《あやま》ちを繰《く》り返さなかっただけでも、商人に感謝したいところだ。

「これだけあれば、カレーってやつが作れるんじゃねえか？」

「そうだな。色々試してみるから、期待しておいてくれよ」

なにはともあれカレー作りを試すよりも先に、まずは労をねぎらわなければと、その日の夕飯に山盛りのから揚げを用意したのだが。

それで満足してしまったようで、礼はいらないとクラウスに固辞されてしまった。安上がりで申し訳ないけど、本人は満足そうだし……。まあ、良しとするか。

夕食後、来賓邸《らいひんてい》に場所を移したオレたちは、将棋盤《しょうぎばん》に向かい合って対局していた。

「ジークのおっさんが来たら、タスクを独占《どくせん》されるかも知れねえしな。今のうちに楽しもうぜ」

桜が咲いたことで花見をすると知ったクラウスはそう言って、オレを将棋《しょうぎ》に誘《さそ》った。

「俺がやった種子からあんな花が咲くとはねえ？　異邦人っていうのは面白《おもしろ》え能力を使う

よなあ」

「狙《ねら》ってできるもんじゃないっての。元いた世界の桜とは別物だし」

「細かいことは別にいいんじゃね？　あんだけ綺麗でみんなも喜んでるだろ。それで十分じゃねえか」

先手となったクラウスが歩兵の駒《こま》を手に取り、前へ進める。パチリという小気味のいい音を耳にしながら、オレも同じように歩兵を前に進めた。

「連合王国と帝国はどんな様子だったんだ？」

「ん？　ああ。戦争が終わった後の国はどこも似たようなもんさ。悲惨《ひさん》の一言に尽《つ》きるな」

「そうか……」

「特に庶民《しょみん》は苦しい生活を送っているよ。帝国なんざ賠償金《ばいしょうきん》の支払《しはら》いをするために、更に重税を課したみたいだしな。あちらこちらで不満の声ばっかりさ」

体制が大きく変わるの、こういう時なんだよなあ。ぼそりと続く呟きに、オレはクラウスの顔を見やった。

「内乱が起きるとか？」

「わかんね。いい指導者がいればあるいはだけどな。そこまで帝国の内情に詳《くわ》しくねえし」

「ふうん」

「それよりも、だ」

頭の後ろで両手を組みつつ、クラウスは身体をのけぞらせる。

「食うに困っている状態だと、娯楽《ごらく》なんか二の次だからな。将棋の布教をしようにも、それどころじゃないってのが実に厳しい」

「布教って……。将棋を広めようとしてたのか？」

「あったり前だろ？　ただ単に米だけ探すってのはもったいないからな」

当然とばかりに声を上げるも、一瞬《いっしゅん》の後に表情を曇《くも》らせ、クラウスは大きなため息をついた。

「……いや。食うに困るとかは関係ねえな。ハイエルフの国だろうと、龍人族《りゅうじん》の国だろうと、将棋は浸透《しんとう》してねえからよ……」

「確かに、ハードルは高いかもなあ。頭使うし」

「なあ、タスク。お前が暮らしていた国は、将棋が流行《はや》ってたんだろ？　どんな感じで広めたんだ？」

「流行っていたってのは語弊《ごへい》があるな。プロ組織はあるけど、メジャーかって聞かれたら微妙《びみょう》なところだし」

なんだよ……といじけてしまうハイエルフの前国王。なんとかフォローするべく、オレは考えを巡らせた。

「……あっ。でも、みんな親しみやすさは感じていると思うぞ？　将棋を題材にしたマンガはいっぱいあるし」

『3月のライオン』とか『月下の棋士《きし》』とか、将棋のマンガは名作揃《ぞろ》いだし。将棋をやらない人でも、ある程度の知識はあるはずだ。

しかしながら、オレのその言葉にクラウスはキョトンとした表情を浮《う》かべている。

なにか変なことでも言ったかなと戸惑《とまど》ったものの、その疑問はすぐに解けた。

「マンガって何だ？」

「マンガはマンガだよ。コミックともいうけど」

「だから何だよ、それ」

最初は冗談《じょうだん》かと思っていたのだが、ハイエルフの前国王はマンガについての知識がないみたいだ。

書物が流通しているので、マンガも一般的だと思っていたのだが、どうやら違《ちが》うらしい。

以前目にしたエリーゼたちの作る同人誌は特殊《とくしゅ》な部類に入るようである。

そういや書籍類《しょせきるい》は知的財産として国が管轄《かんかつ》しているんだったなということを思い出したオレは、マンガがどのようなものかを説明した。

「――ふうん。なるほど、要は戯画《ぎが》みたいなもんなんだな」

イラストに文章を加えたものとして理解したのか、クラウスは何度も頷《うなず》き、そしてこんなことを言い出した。

「将棋を広めるのにうってつけだな、それ」

「……はい？」

「だからさ、将棋のマンガを作って、大陸中に配るんだよ。物語性が加わったイラストなら、年齢《ねんれい》性別種族問わず、みんな楽しんでくれるだろ？　将棋の普及《ふきゅう》もできるし、一石二鳥じゃねえか」

言ってることはわかるし、難しい解説書よりかは手にとってもらいやすいだろうけど。

「誰が作るんだ、そのマンガ？」

根本的かつ重要な問題点を指摘《してき》すると、クラウスは首を傾げる。

「え？　異邦人《いほうじん》はみんな、マンガ作れるんじゃないのか？」

「できるわけないだろ。それにオレは、元いた世界では画伯《がはく》って呼ばれてたぐらいなんだ。とてもじゃないけどマンガなんか描《か》ける訳がない」

「画伯って呼ばれるぐらいなら、絵を描くのだって上手《うま》いんじゃ？」

「常人には理解できない、ハチャメチャな絵を描くやつのことをバカにする蔑称《べっしょう》としても使われるんだよ」

なにが悲しくて、自分の画力のなさについての解説をしなきゃならんのだ……。

「クラウスは誤解してるだろうけどさ、作ろうと思って、すぐにできるような代物《しろもの》でもないからな、マンガって」

「そう、なのか？」

「そうだよ。絵を描くのが上手な人でも、身を削《けず》る思いで、魂《たましい》を込めて創作活動に取り組んでいるんだから。膨大《ぼうだい》な労力と時間がかかるものなんだって」

マンガというものが一般的でないこの世界ならなおさらだろう。手慣れた人がいるなら、多少は事情が違ったかもしれないけどさ。

……と、そんなことを思いながらも、エリーゼたちならいけるかも知れないと考えたオレは、ハイエルフの前国王へある提案を持ちかけることにした。


クラウスの来訪から一夜明け。

新居の執務室では、カチコチと身を硬くしたエリーゼが、ちょこんと浅くソファに腰掛けている。

「そんなに緊張《きんちょう》しなくても……。いつも通りで大丈夫だぞ？」

「む、ムリですぅ！　だ、だって、王様が目の前にいるんですよぉっ!?」

テーブル越《ご》しから震《ふる》える声が耳に届く。助けを求めるように潤《うる》んだ瞳《ひとみ》がオレの顔を捉えるが、その一方、緊張の原因となっている人物はまんざらでも無さそうだ。

「まぁなぁ！　前国王とはいえ、伝説級にハイパー偉大《いだい》だったからな、俺！　国民から超《ちょう》慕《した》われてたしぃ？　目の前にいたら緊張しても仕方ないよなっ！」

クラウスはご機嫌《きげん》に声を上げると、隣《となり》に座《すわ》るオレの背中をバシバシと叩《たた》いた。

「なっ？　タスク？　ジークのおっさんの言うことなんか信じちゃダメなんだって！　ご覧の通り、いまもハイエルフたちの人気者っていうか！」

「はいはい、わかったよ」

「あ、エリーゼだっけ？　俺、タスクの友達《ダチ》で遊びに来てるだけだからさ。敬う気持ちはスゲえよくわかるけど、普通《ふつう》に接してくれると助かるわ」

にこやかなクラウスに対し、エリーゼは目を丸くしてオレを見やった。

「お、お友達……。た、タスクさん、いつの間に王様とお友達に……？」

「なんというか、自然の成り行きでな……」

「いやはや。思い返せば、実に運命的な出会いだった！　将棋の好敵手《ライバル》であると同時に、から揚げの伝道師でもあったわけだからな！」

「か、から揚げですか？」

意味がわからないとばかりに、ハイエルフの妻はキョトンとしている。そりゃそうだろう。

このままだとらちが明かないと思ったオレは、軽く咳払《せきばら》いをしてからエリーゼに向き直り、つい先程《さきほど》持ちかけた話題を切り出した。

「クラウスからの依頼《いらい》が、将棋のマンガを描いて欲《ほ》しいってことでさ、それをエリーゼにお願いできればと思って呼び出したんだけど」

「タスクから話を聞いたんだ。物語だけじゃなくて、イラストも上手いんだってな？」

「えぇっと……、そ、その……」

「いやいや、謙遜《けんそん》なんかしなくていいんだぜ？　俺のダチが嘘《うそ》つくわけないし、そのダチの嫁《よめ》さんなわけだからさ。これは直接会った上で頼まなきゃって考えたのよ」

ニコニコしている前国王に対し、困惑《こんわく》と戸惑いを混ぜたような表情のエリーゼ。

「そ、その……、と、得意といいますか……。わ、ワタシが描いているのは、す、少し特殊で……」

モゴモゴと口ごもるエリーゼに、オレはすかさずフォローをいれる。

「ああ、大丈夫《だいじょうぶ》だよ、エリーゼ。エリーゼがどういったものを描いているのか、クラウスには話しているから」

「……ふぇっ？」

「あと、例の同人誌即売会《そくばいかい》の会場だけどさ、クラウスが場所を提供してくれるって」

「……えええええぇぇぇぇぇぇぇっっ⁉」

絶叫《ぜっきょう》するエリーゼ。卒倒《そっとう》しそうな勢いで背もたれに倒《たお》れ込むが、驚《おどろ》くのも仕方ない。

クラウスに持ちかけた提案。それはマンガを作れる人物を紹介《しょうかい》する代わりに、同人誌即売会の会場を探して欲しいというものだった。

第18章　黒の樹海出版社

「同人誌即売会？　なんだそりゃ？」

首を傾げるハイエルフの前国王。マンガについて説明したのに続き、オレは同人誌についてもあわせて説明するのだった。

世の中には自分たちで小説やイラスト、はたまたマンガなどを作り出し、創作仲間同士で楽しむ文化がある。

簡単に言ってしまえば、即売会はそういった創作仲間の交流場所だ。

いま考えると雑にも程《ほど》がある説明だけど、こういうのはわかりやすく簡潔な方がいい。

実際、クラウスもすぐに理解してくれたようで、

「ふぅん、なるほどねえ。書籍類は知的財産として国が管轄しているのがほとんどだからな。あくまで娯楽分野として内々で楽しむって感じなのか」

感心の面持《おもも》ちで頷くと、ハイエルフの前国王は付け加えて、

「しかし、なんでまた会場が必要なんだ？　聞いてた限りでは法に触《ふ》れないし、適当な広

場とかを借りればいいんじゃね？」

……と、こんな感じに、ごもっともな疑問を口にするわけだ。

「あ～……。なんというかな、その、同人誌の内容が、非常にセンシティブというか、なるべくなら人の目を避《さ》けたいというか」

「はは～ん？　わかった、エロい本なんだろ!?　か～っ！　お前さんも好きだねえ！」

ニタニタとした顔でオレを見るクラウス。うん、理解が過ぎるのもどうかと思う。

「誤解してるぞ、クラウス。……いや、誤解じゃないか？　中にはそういった内容のやつもあるわけだし」

「どっちだよ」

「いや、なんというかさ、非常に言いにくいんだけど……。その、同性愛を題材にした同人誌とかもあってだな」

この世界ではタブーとされている事だけに、毛嫌《けぎら》いするかもしれない。

オレの不安をよそに、クラウスはあっけらかんとした様子で言葉を続けるのだった。

「なんだ、そんなことか。過激なすんげえエロいやつかと思ってたのによ」

「驚かないのか？」

「ああ？　別に同性愛なんて不思議なことじゃねえだろ？」

「……は？　いやいや、大陸ではタブーって聞いてるけど」

「昔の慣習を宗教が広めたんだよ。同性愛は異常だってな。それがいつの間にやら大衆レベルにまで浸透したって感じだな」

クラウスは肩《かた》をすくめて、歴史上に讃《たた》えられる偉大な人物の中にも同性愛者がいるということを教えてくれた。

「ハイエルフの歴代国王の中にもいるぜ？　合唱団の青年たちをハーレムにしていた男色の王とか、処女だけを集めて後宮を作った女王とかな」

もっとも、一般《いっぱん》に知れ渡《わた》るのは問題だということで、それらはごく一部の人物しか読むことのできない歴史書にのみ記載《きさい》されてるそうだ。

「民衆の規範《きはん》となる国王の知られざる一面ってやつだ。他はどうだか知らんが、どの国も似たようなもんだろうよ」

「そうなのか」

「俺に言わせりゃ、男が男を好きになろうが、女が女を愛そうが、自由にさせてやれって話なんだがな。別に悪いことしてるわけでもねえだろ？」

そりゃそうだとオレは首肯《しゅこう》した。しかし、この世界において、クラウスのような考えはまだまだ開明的な方に分類されるんだろうな。

理由はわかったと続けたクラウスが、腕組《うでぐ》みをして思考を巡らせている様子からもそのことがわかる。

「確かに、そういった内容なら人目につくのはマズイな」

「そうなんだよ。会場探しが難航しているようでさ、なんとかしてやりたいんだけど」

しばらく考え込んだ後、何かを閃《ひらめ》いたのか「あっ」と声を上げ、クラウスは表情を明るくさせた。

「そうだ。俺の別邸《べってい》を使えばいい」

「別邸？」

「ハイエルフの国の西側なんだけどさ、山をふたつ持ってんのよ」

……それ、別邸っていうには規模がでかすぎだろ。

「まあな。実際、あちこち旅してるから、放置しっぱなしなんだわ」

「放置しっぱなしって……。大丈夫なのか？」

「強力な結界で覆われているからな。魔獣《まじゅう》共は入ってこれねえよ。動物たちの憩《いこ》いの場ってヤツだな」

もちろん、前国王の土地ってことで、一般人《いっぱんじん》が立ち入るには許可がいるらしい。

「俺が許可するからさ、そこを整備して会場にすればいい。役人共には立ち入らないよう厳しくいっておくわ」

「それは助かるけど。いいのか？　特別扱《あつか》いすることでクラウスが怪《あや》しまれるんじゃ？」

「俺を誰《だれ》だと思ってるんだよ、タスク。歴代の中でもスーパー偉大なハイエルフの王だった男だぞ？　そんなことで不審《ふしん》がられないっての」

ケラケラと愉快《ゆかい》そうに笑い、自称《じしょう》・スーパー偉大なハイエルフの前国王は朗《ほが》らかに続けた。

「ま、それもこれも将棋のためだ。怪しまれたところで、痛くも痒《かゆ》くもねえな」

即売会の場所を提供してくれるという話の後、オレはクラウスへマンガ制作にあたっての注意事項《じこう》を伝えることにした。

創作に長《た》けているエリーゼを紹介するのは構わないし、彼女の性格上、頼まれたら断われないだろうというのは予想できる。

ならばせめて少しでも負担を軽減した上で、仕事を依頼できないかと考えたのだ。

そんなわけで、次の項目《こうもく》は守ってほしいとお願いすることに。

・マンガの執筆《しっぴつ》は時間がかかって当然。決して急《せ》かさない。

・作品の内容に口を出さない。

・自分の考えを強要しない。
・作者には敬意を払《はら》うこと。

……と、まあ、どれも重要なんだけど、二番目と三番目に関しては、この中でも特に重要だから忘れないでくれと念を押《お》す。

『ぼくのかんがえた、さいきょうのしょうぎまんが』的発想を押し付けるなら、自分で描いてもらいたい。

幸いなことに、クラウス自身が「それはその通りだな」と納得《なっとく》してくれたこともあり、エリーゼには重圧を感じることなく、執筆に取り組んでもらえそうだ。

ちなみに、マンガが出来上がって以降の販売《はんばい》や流通に関しては、その一切《いっさい》をクラウスが請《う》け負うということになった。

「ちまちま配り歩いたところで、将棋の普及には時間がかかるだろ？」

「それはそうだけど。どうするつもりだ？」

「簡単さ。俺がマンガ専用の商会を立ち上げて、大陸中に広めてしまえばいい」

……おいおい、とんでもないこと言い出したぞ、この人。

「どっちにしろ、流通させる際はギルドへの申請《しんせい》が必要になるからな。娯楽用の書籍《しょせき》を扱《あつか》う商会なんぞ聞いたこともないし、なら自分が作るしかないだろ？」

「理屈《りくつ》はわかるけど……。商売になるのか、それ？　紙の書籍は高いって話だし、見たこともないものに買い手なんてつかないんじゃ？」

「だからどうした」

クラウスはキッパリと言い切り、そして自信満々に言い放った。

「いいか、タスク。これはいわば未来への投資なんだ」

「未来への投資？」

「その通りっ！　これから世に出回る一冊のマンガが、この世界の娯楽を、文化を、書籍のあり方すら変えるかも知れねえんだ」

「将棋も一般的《いっぱんてき》な遊びになるかもしれないし？」

「そう、それ！　そういうこと！　そういう明るい未来が待っていると思えば、たとえ損をしたとしても惜《お》しくはねえな」

屈託のない笑顔を浮かべるハイエルフの前国王。ま、確かに興味深い話ではある。

「その投資、オレも乗った」

握手《あくしゅ》をするために差し出した手を、クラウスはがっちりと握《にぎ》り返す。

「流石《さすが》はタスク！　話がわかるねえ。お前さんも明るい未来ってやつを見てみたいだろ？」

「それもあるけどさ。投資話に乗ろうと思ったのは他の理由でね」

「……？」

「奥《おく》さんが描いたマンガを、単にオレが読みたいだけなんだよ」

大真面目《おおまじめ》に答えたつもりなんだけど、どうやらクラウスの意表をついた返答だったようだ。目をぱちくりとさせたクラウスは、心底愉快そうに笑い声を上げて、

「そうかそうか！　それはもっともな理由だな！」

と、言葉を続けた。

「ま、何はともあれ、エリーゼが承諾《しょうだく》してくれないと話は始まらないんだけどな」

「その時はその時さ。また別の方法考えようぜ。俺とお前が組めば上手くいくって」

すっかり上機嫌《じょうきげん》になったクラウスは、エリーゼについて尋《たず》ねてくる。

そこまで入れ込む嫁さんが、どんな相手なのか知っておきたいということだったんだけど。改めて説明しようとすると何だか気恥《きは》ずかしいものがあるな。

本人には内緒《ないしょ》にしておけよとかたく口止めしてから、オレはエリーゼをはじめとする四人の奥さんの自慢話《じまんばなし》をしたのだった。


しなきゃよかった。

あんなに口止めしていたにもかかわらず、執務室のソファへ腰掛けたハイエルフの前国王は、昨夜の自慢話を一言一句漏らすことなくエリーゼに言い聞かせている。

「――でさ。タスクが言うには、心優《こころやさ》しい努力家で、創作にも愛を込めているって話じゃあねえか。こりゃ、マンガ制作はエリーゼに頼むしかないわって、確信したわけよ！」

「は、はぃぃぃ……」

対面に座るエリーゼの頭から蒸気が立ち上っているのが見えた。今にものぼせて倒れそうなぐらいに、顔は真っ赤に染まったままだ。

自分のことを可愛《かわい》いだ、美人だ、優《やさ》しいだ、綺麗《きれい》だと、夫が自慢《じまん》していた話を目の前で再現されているわけで、照れる以外に反応できなくて当然である。

う～ん。このまま続くようだと、エリーゼが照死《てれし》してしまうんじゃないかな……。

妙《みょう》な心配が頭をよぎるのと同時に、今後はクラウスの前での自慢話は控《ひか》えておこうと心に決めつつ、オレは強引《ごういん》に会話へ割《わ》り込んだ。

「とにかく、だ。同人誌のことも、即売会のことも、全部承知した上で、クラウスはマンガの執筆を依頼したいそうでな」

「ふぇっ？　えっ、えっと……」

「極力負担は掛《か》けないよう配慮《はいりょ》するから、前向きに考えてくれると嬉《うれ》しい」

オレの言葉でようやく我に返ったのか、顔を上気させたまま、エリーゼは返事をする。

「そ、その、そこまでお気遣《きづか》いいただくと、か、かえって申し訳ないというか」

「こっちこそ、断りにくい空気にさせちゃってすまないとは思っているんだ。本当に嫌《いや》だったら断ってもらっても」

「い、いえ！　や、やります！　やらせてください！」

力強く断言し、エリーゼは真《ま》っ直《す》ぐにオレを見つめた。

「ご、ご期待に添《そ》えるかはわかりませんけれど。ワ、ワタシでよければ、ぜひ……！」

「本当かっ⁉」

「は、はい……。ワ、ワタシの描いた本を、たくさんの人に読んでもらえる、またとない機会でしょうから……」

愛らしいハイエルフの言葉に、クラウスが再びオレの背中をバシバシと叩いた。

「おい、やったぞタスク！　これで将棋の未来は明るい！」

「気が早いって。あと痛いわ！　少しは加減しろよ！」

悪ぃ悪ぃと笑うクラウスと、オレたちのやり取りを楽しそうに眺めるエリーゼ。

とにもかくにも、即売会の件とマンガの件が同時に解決したのはなによりだ。あとは今後について詳細《しょうさい》を詰めていくだけだなと考えていた矢先、クラウスはとんでもないことを言い出した。

「あっ、そうだ。その同人誌ってやつ？　よければ俺に見せてもらえねえかな？」

「……はい？」

「ほら、マンガを頼むにしても、直接のイメージがないと、どんな出来上がりになるか想像がつかねえじゃん。だいたい、こういうもんだっていうのがわかればなって思ったわけさ」

仰《おっしゃ》ることは確かに正論なんですが……。

昨晩も話した通り、エリーゼの作った同人誌は繊細《せんさい》かつ精密に同性愛を描いたものでしてね。端的《たんてき》に言ってしまえば、とてもじゃないけど普通に見せられるものではないわけだ。

前に実物を見せてもらったけど、耽美《たんび》的な男性たちが、くんずほぐれつひとつになっちゃって大変だったんだから。いくら同性愛に理解がある人でも刺激《しげき》が強いと思うんだよな。

自分が描いたそういうシーンを熟読されるのも抵抗《ていこう》があるだろうし。ほら！　エリーゼ先生が変な汗《あせ》を流しているのを見ればわかることだろ！　クラウスも空気読めよ！

声を大にして叫《さけ》びたいところなんだけど、話が順調にまとまっていた場でそんなことを言えるはずもなく。

「なんというか、アレだなっ⁉　ほらっ、エリーゼ！　冒頭《ぼうとう》のアレだよ、出だしの部分だけ見せるってのはどうだ？」

「そ、そうですねえ!! ぼ、ぼ、ぼ、冒頭の！　あの！　ど、ど、ど、導入の部分だけでも、イメージは伝わるでしょうし！」

「そ、そうだよなあ！　あは！　あはははは!!」

意思疎通《そつう》の素晴《すば》らしさったらないね。オレとエリーゼ、お互《たが》いに乾《かわ》いた笑顔《えがお》を浮かべながらも、絶対にそういう場面だけは見せないぞって、テレパシーを送りあってたもんな。

とりあえず、クラウスには差し障《さわ》りのないところだけ見せて、その場を凌《しの》ぐことにする。

……するはずだったんだけど。

こういう時に限ってハプニングというものは起きてしまうもので、この直後、オレたち三人は、とある人物の不幸な出来事に遭遇《そうぐう》するのだった。


きっかけは些細《ささい》なことだったのだ。

参考用の同人誌を持ってくるため席を立ったエリーゼと共に、オレもトイレへ行こうと中座することにした。

クラウスにはすぐに戻《もど》ると伝え、執務室《しつむしつ》のドアを開ける。すると、まったく同じタイミングで、通路沿いの部屋のドアが開くのが見えた。

「あそこ、エリーゼの作業部屋だよな？　誰か来てたのか？」

「え？　ええ。ど、同人誌を作るため、魔道士《まどうし》のみなさんが昨日から泊《と》まり込みで」

会話を交わし合っている最中に部屋の中から姿を見せたのは、オレンジ色をしたボサボサの髪《かみ》と瓶《びん》底眼鏡を掛けた女性で、オレたちに気付くなり、挨拶《あいさつ》より先に大きなあくびをしてみせる。

「……眠《ねむ》そうだな、ソフィア」

「んー……。気持ちがノってたからねぇ……、ついつい徹夜《てつや》しちゃったぁ」

そばかすを散らした素顔《すがお》に眠気《ねむけ》を漂《ただよ》わせ、ソフィアはけだるそうに声を上げた。

「それにしても、ソフィアのすっぴんは久しぶりに見た気がするな」

「なによぉ、たぁくん……。会うなり嫌味《いやみ》ぃ？」

「いや、そういうわけじゃないけどさ」

「いいのよぉ。どうせ見せる相手もいないしぃ。それにぃ、夜通しフルメイクとかぁ、お肌《はだ》に悪いに決まってるじゃないのぉ」

片手にメッセージボールと呼ばれる小さな球体、もう片方の手にメッセージボールを再生する専用の装置を持ちながら、体を前後に揺《ゆ》らすソフィア。

「そりゃあねえ。アタシだってぇ、男がいるなら見た目にも気をつけますよぉ？　でもでもぉ？　そんないい男なんてぇ、どこにもいないんだもーん。……あ、そうだぁ」

ぐふふと怪しげに笑うソフィアはオレに向き直り、手にしていたメッセージボールと再生装置を差し出した。

「今回はいいのが描けたの。たぁくんにはぜひ感想を聞かせてもらいたいんだけどぉ」

「へぇ、どんなヤツなんだ？」

「異邦人の男とぉ、龍人族の商人の男のぉ、友情と濃密《のうみつ》な愛情を描いたお話でぇ」

「……ナマモノは止めろって言ってんだろうが」

「うそうそぉ。ちゃんとしたＢＬだからさぁ。ちょっと読んでみてよぉ」

ちゃんとしたＢＬというのもよくわかんないんだけど。そもそも、なぜオレが読まなきゃならんのだ？

両手を前に出しながら、ゾンビのようにフラフラと歩くソフィアをエリーゼが止める。

「そ、ソフィアさん、それはワタシが読みますから。や、休まれた方がいいですよ？」

「んもぅ。エリエリぃ、邪魔《じゃま》しないでよぉ」

「か、顔色も悪いですし、ワ、ワタシの寝室《しんしつ》で少し眠っていかれては？」

「エリエリは優しいなあ……。こんなに優しくて可愛いんだもん。男どもが放っておくわけないよねえ……」

……眠くて思考がまとまってないのか、それとも酔《よ》っ払《ぱら》ってるのか、わかんなくなってきたな、コレ。

とにかく、休ませたほうが良さそうだということはわかるので、エリーゼと一緒にソフィアを寝室へ連れて行こうとしたんだけど。

いやはや、執務室のドアが開きっぱなしだったってことを、すっかり忘れてたよね。

「なに騒いでんだ、お前ら？」

もみ合っている背後から、ひょっこりと現れたのはクラウスで。

誰もいないと油断していたのか、銀髪《ぎんぱつ》のハイエルフを視界に捉《とら》えた瞬間《しゅんかん》、ソフィアの素《す》っ頓狂《とんきょう》な声が廊下《ろうか》に響《ひび》き渡ったのだった。

「……へ？　ふへぇっ⁉　おっ、おきゃくさん、き、きてたの……？」

突然《とつぜん》、目の前に現れたイケメンのハイエルフに驚いたのか、それとも初対面の男性へ自分のすっぴんを晒《さら》してしまったことにショックを受けたのか。

あるいはその両方かも知れないが、とにかく衝撃《しょうげき》からソフィアは全身を硬直《こうちょく》させた。

しかしながら、それは指先まで伝わらなかったらしい。

直後、ソフィアの手から落下した再生装置の重い音が廊下に響いたかと思いきや、後に続けとばかりに、もう片方の手からメッセージボールが落ちていったのだ。

まるで吸《す》い込《こ》まれたかのように、再生装置のくぼみ部分へピッタリと収まるメッセージボール。

そして再生装置には、ソフィアが徹夜して作り上げたであろう、渾身《こんしん》のＢＬが映し出されたのだった。

……これで映し出されたのが、冒頭の部分とかなら問題なかったんだけど。

なんといいましょうか。よりにもよって、男性同士が濃密にまぐわっている場面がでかでかと表示されましてですね。

以前、エリーゼに見せてもらった「くんずほぐれつひとつになっちゃってさあ大変」な場面よりも、遥《はる》かに過激さを増したそれに、オレは言葉を失ってしまったのだ。

エリーゼも同じだったようで、体を硬くさせ、すっかり声をなくしていたのだが。

それよりも問題だったのは作者であるソフィアで。

何が起きたかわからないとばかりにしばらく呆然《ぼうぜん》としていると、青白い表情を浮かべたまま、突如《とつじょ》としてブツブツと何かを呟《つぶや》き出した。

「……なきゃ」

「は？」

「全部燃やしてぇ、なかったことにしなきゃ！」

そう叫んだ瓶底眼鏡の魔道士は、震えた声で魔法《まほう》の詠唱《えいしょう》を始める。

「ばっか！　こんなところで爆炎魔法使うなっ！」

「止めないでよぅ、たぁくん！　全部っ！　全部消し去ってやるんだからぁっ！」

「オレの家まで燃やそうとすんなって！」

「そうですよ！　落ち着いてくださいソフィアさん！」

「ダメよぅ、エリエリ！　性癖《せいへき》をすべて詰《つ》め込んだ、欲まみれの作品を見ず知らずのイケメンに見られたのよぉ!?　もうアタシ、生きていけないわぁっ!?」

それはそうだな。不可抗力《ふかこうりょく》とはいえ、掛ける言葉もないほどに悲惨だ。オレが同じ立場だったら、間違《まちが》いなく死ぬね。

とはいえ、ソフィアを死なせるわけにはいかない。自暴自棄《じぼうじき》の魔道士を止めるべく、エリーゼと二人がかりでなだめることに。

っていうかさ、こうなった原因の一端《いったん》でもあるんだから、クラウスも手伝ってくれていいんじゃないか。

「ぼーっと見てないで、止めてくれよ！　クラウス！」

助けを求めるため振《ふ》り返ると、クラウスは再生装置を手に、ソフィアの描いたＢＬを熟読していた。

こちらの騒動《そうどう》には目もくれず、器用に再生装置を操作しながらページを進めていく。

「やぁっ！　だ、ダメっ！　見ないでぇ！」

懇願《こんがん》するソフィアの声に耳を貸すこともなく、じぃっと同人誌を読み進めていったクラウスは、やがてこんなことを口にした。

「……面白《おもしれ》えな、コレ」

「……はい？」

「面白いって言ったんだよ」

ちょっと何を言ってるのかわからないと戸惑っているオレたちをよそに、ハイエルフの前国王は瞳を輝《かがや》かせて感想を続ける。

「なるほど、これがマンガってやつなのか！　確かにコレなら読みやすいし、心情の変化もわかりやすい！　何より内容がいい！」

「は、はあ……」

「俺《おれ》はこういう同性愛っていうの、よくわかんねえけどさ。それでもこの作品に込められた愛情とか、作者の思いってやつは十分に感じ取ることができて楽しめたぜ？」

裏表のない爽《さわ》やかな笑顔を浮かべて、クラウスは再生装置をソフィアに差し出した。

「お前さんが何を気にしてるのかはわかんねえけどさ。これだけ面白えモンが作れるんだ。

もっと自分に自信を持ちなって」

「ふぁっ？　はっ、はいぃ……」

「いやあ、こりゃ、エリーゼのマンガも俄然《がぜん》楽しみになってきたな！　待ってるから早く持ってきてくれよ！」

困惑したまま返事をしたエリーゼは、足音を立てながら作業部屋に駆《か》け出していく。

満足げに執務室へ戻っていくクラウスの背中を眺《なが》めやりながら、すっかり呆《ほう》けてしまった魔道士にオレは声をかけた。

「落ち着いたか？」

「うん……」

「なんだな。なんというか事故みたいなもんだしさ。クラウスも楽しんでくれてたみたいだから、あんまり気にすんなよ」

「うん……」

気の抜《ぬ》けた声しか返ってこないことに不安を覚え、オレはソフィアに視線を向ける。

そこには再生装置を大事そうに胸元《むなもと》へ抱《かか》え、ほんのり顔を赤らめたまま、執務室をまっすぐに見つめている魔道士の姿があった。

ソフィアの身に起きた、ちょっとした不幸はひとまず置いておいて。

その後、エリーゼからメッセージボールと再生装置を受け取ったクラウスは、期待に瞳を輝かせながら、中へ入っている参考資料に目を通すのだった。

もちろん、暗黙《あんもく》の了解《りょうかい》で危険なシーンは取り除いてあるのだが……。先程のクラウスの様子からすると、くんずほぐれつを見せたところでどうってことも無さそうだし、取り除かなくても大丈夫だったかな？

「タ、タスクさん。ワ、ワタシは大丈夫じゃないです。さ、流石に恥《は》ずかしすぎます……」

小声ながらもエリーゼはキッパリと応じる。そうだよな、作者の目の前で（自主規制）な場面を熟読されるのは厳しいよな……。

とにもかくにも、マンガの形式は理解できたようで、今後は打ち合わせを重ねつつ、制作を進めていこうということで話はまとまった。

とはいえ、マンガのストーリーなどについてはエリーゼに一任。オレたちは客観的に内容が面白いか、将棋《しょうぎ》のルールがおかしいものでないかだけを判断することになっている。

某《ぼう》テニスマンガのように、突如として五感が奪《うば》われたりとか、駒《こま》が相手の体めがけて飛んでいき、対局者を絶命させるような展開などは避けておきたい。アレはアレで面白いんだけどね。

将棋の布教も目的のひとつなのだ。やるからには正統派で攻《せ》めたいと思う。

……で、ここからは余談になる。

きっかけは話がまとまった後のエリーゼの発言である。

「ワ、ワタシ、紙を使った原稿《げんこう》を描くのは初めてなので、ものすごくドキドキしてます！」

その言葉の意味がわからず、オレは首を傾《かし》げてしまった。

紙の原稿を描いている光景なら、カフェで幾度《いくど》となく目撃《もくげき》していたからだ。

ソフィアをはじめとする同人作家たちが、黙々《もくもく》と原稿に取り掛かっていたし、同人誌の形式もメッセージボールから紙の本へ切り替《か》わったんだろうなと思《おも》い込んでいたんだけど。

参考資料として手渡《てわた》されたのは紙の本じゃなくて、メッセージボールと再生装置だし、おかしいとは思っていたのだ。

「ご、誤解ですっ。か、紙は相変わらず高価ですし、とてもじゃないけど手が出せませんよ」

慌《あわ》てたように否定するエリーゼ。ん？　じゃあ、カフェで魔道士連中が書き込んでいたやつはなんなのさ？

「ま、魔法道具の一種ですね。ワ、ワタシたちは『転写の巻物』って読んでますけど」

話を聞いてみると、『転写の巻物』はペンタブみたいなもので、魔力《まりょく》を込めたペンで書き込んだものを、直接、メッセージボールへ転送することができると。

それらを使い、メッセージボールの中だけで同人誌を完成させるらしい。

形は違《ちが》えど、現代でいう液晶《えきしょう》タブレットとほとんど変わらないんだなと感心する。

ていうかさ、そんな便利なものがあるんだったら、将棋マンガもメッセージボールで作ればよくないか？

紙の価格は高いんだし、その分、費用がかかるだろ。

「再生装置の起動には魔力が必要になるからな。せっかくだ、誰でも手軽に読めるものを作ろうじゃねえか」

再生装置を動かしながらクラウスが口を開いた。バッテリー内蔵のタブレットで読む電子書籍みたいなもんか。

「それはよくわかんねえけど。ま、金なら気にするなよ。将棋が広まるなら、いくらでも投資してやるさ」

足りないようならジークのおっさんにも金を出させればいい。ハイエルフの前国王はそう続けて、ケラケラと笑った。

「それにだ。マンガを作ることで需要《じゅよう》が高まれば、自《おの》ずと紙の供給量も増えていくだろ」

「そんなもんか？」

「商人共はたくましいからな。儲《もう》かるものがあるならすぐに飛びつくよ。その内、紙の価格も自然と下がっていくだろうさ」

「そんなにうまくいくかなあ」

「問題ないって。心配すんなよ」

再生装置をテーブルへ戻し、クラウスはオレに向き直る。

「いざとなったら、紙を作る専用工房《こうぼう》を俺が立ち上げてやる」

「……マジで？」

「大マジだとも。この領地にどでかい工房作るからな。建設はお前に任せるぜ」

新たな産業が増えるだけでなく、交易品も増える。いいことずくめじゃねえかとクラウスは笑った。

将棋の布教。ただそれだけの目的にもかかわらず、話の規模が大きくなっていくようなしまいには将棋の国まで作りそうな予感がするもんな。「国民の主食はから揚《あ》げだっ！」……。

とか、本当にやっちゃいそうだし。

そうならないよう、適度なところでストップをかけよう、うん。

「マンガの普及《ふきゅう》に金はいくらかかってもいい！　俺が全部出す！」

クラウスはそう言ったものの、協力したのに一銭も出さないというのはいかがなものかと考えたオレは、できる限りの出資を申し出た。

「ありがたい話だけどよ。領地の財務に負担はかけられねえだろ。どうすんだ？」

困惑《こんわく》する表情を浮《う》かべるクラウスに、オレはとある物体を取り出してみせる。

ピンポン球ぐらいのいびつな塊《かたまり》に、瑠璃色《るりいろ》が眩《まぶ》しいほど輝いているそれには、ハイエルフの前国王も見覚えがあるようだ。

驚きの眼差《まなざ》しでまじまじと眺め、ため息混じりに口を開いた。

「驚いた……。妖精鉱石《ようせい》じゃんか、しかも上等なヤツ。どうしたんだ、これ？」

妖精達《ようせいたち》が頻繁《ひんぱん》に持ってきてくれるこの塊については、交易に出すかどうかをずっと悩《なや》んでいたのだ。

交易に出して出処《でどころ》が知られてしまい、結果としてならず者たちが押し寄せてくるような事態になっても困る。

宝石商を営んでいるファビアンに売却《ばいきゃく》しようと考えたこともあったが、売ったら売ったで、定期的にまとまった量を譲《ゆず》ってほしいと言い出されるかもしれない。

そんなわけで、倉庫の奥深《おくふか》くへ厳重に保管していたものの、気がつけば五十個近い妖精鉱石が溜《た》まっていたのである。

クラウスなら信用できる取引相手を知っているだろう。売却した金はそのままマンガ制作に使ってもらいたい。

話はわかったと頷《うなず》いたクラウスは「これは期待に応《こた》えないとな」と、真剣《しんけん》な顔つきで応じてみせた。

「商会も立ち上げないといけないし、ますます忙《いそが》しくなるぞ」

「それは結構なことだけど。商会はどこに作るんだ？　ハイエルフの国とか？」

「いやいや。マンガを描《か》くやつらはここにいるんだし、この土地でいいんじゃね？　確か、来賓邸《らいひんてい》の近くに空き家があったろ？　ボロいやつ」

「ボロいって……。一応、オレの前の家なんだけど」

「そうなのか？　わりぃわりぃ。倉庫かなんかだと思ってた」

悪びれもせずに笑うクラウス。確かに、いまは倉庫みたいなもんだけどさ。ボロくても愛着はあるんだよ？

「悪かったって。愛着があるのはわかったからさ、あそこ貸してくれよ」

「あそこを商会にするのか？」

「おう。ついでに俺も住まわせてもらうわ。改めてよろしく頼《たの》むぜ！」

有無《うむ》を言わさず、オレの背中をバシバシ叩《たた》くハイエルフの前国王。

ジークフリートもそうだけど、偉《えら》い人というのはなんでこうも強引に話を進めようとするのだろうか。

……ま、なにか言ったところで聞いてくれそうもないし、旧家屋を大事に使ってくれるなら文句はない。

諦《あきら》めて大きくため息をつくオレへ、クラウスはこんなことを言い出した。

「そうなるとだ。商会の名前を考えないとな」

「商会の名前？」

「俺とお前との共同出資になるんだ。いい名前を頼むぜ」

そんなことを突然言われてもなあ。ネーミングなんぞいきなり思いつくはずがない。

「たとえばだけど、お前の元いた世界では、マンガを出す商会のことをなんて呼ぶんだ？」

「……え？　あー……。出版社、かなあ？」

「出版社……。いいじゃん、カッコいい響きだな、出版社って！」

言葉の響きが気に入ったのか、クラウスは何度も頷きながら、出版社、出版社と呟き、それから閃いたように表情を明るくさせた。

「よし、それじゃあ、ここの地名を入れて『黒の樹海出版社』って名前にしようぜ！　どうだ⁉　カッコいいだろ⁉」

そこはかとなく中二病感が漂ってるなと思ったものの、そんなことを言えるはずもなく。

恐《おそ》らく異世界初となるであろう、マンガ専門の商会はこうして設立されたのだった。

第19章　お花見

それから二日後。

五分咲《ざ》きだった桜は満開となり、タイミングを合わせたようにジークフリートたちが領地にやってきた。

意外だったのはファビアンも一緒《いっしょ》だったということで、新事業が忙しくて戻るヒマもないのかと思っていたものの、

「なにを言っているんだい、タスク君！　話を聞けば、桜という花は大変に美しく可憐《かれん》なものなのだろう⁉　であれば、ボクの美貌《びぼう》を引き立てるのにピッタリじゃないか！」

「いや……、その理屈はよくわからんけど」

「それにだね！」

「聞けよ、人の話」

「ボクの愛《いと》しい人に、寂《さび》しい思いをさせるつもりはないからねっ！」

なんて具合に、長い前髪《まえがみ》をかきあげて、きらびやかに微笑《ほほえ》むわけだ。相変わらずの平常

運転なので、ある意味安心するな。

ファビアンの言う愛しい人、つまりはフローラのことなんだろうけど。

ここ最近は、ヴァイオレットと妖精たちに交じりつつ、しらたまとあんこの二匹《ひき》と楽しそうに過ごしているので、寂しがっているかどうかは疑問が残る。

ま、人の恋愛《れんあい》に口を挟《はさ》む趣味《しゅみ》もないし、お節介《せっかい》を焼いたところでソフィアみたいなことになっても困るだけだから、とりあえずは本人たちに任せておこう。

とにかく、異世界に来てから初めてのお花見なのだ。せっかくなら大勢で楽しみたい。

とはいえ、新たに移住してきたハイエルフたちは、突然開催《とつぜんかいさい》される宴会《えんかい》に戸惑《とまど》いしかなかったようだ。

新年でも収穫祭《しゅうかくさい》でもないのに、どうしてお祭りが開かれるんだ？　と、元々いる領地のみんなへしきりに質問していたみたいだけど。

「ここはそういう土地だから」

と、同じ言葉が返ってくることへ納得したのか、いまでは率先《そっせん》して準備を手伝っている。

考えてみれば、移住者たちの歓迎会《かんげいかい》を開いていなかったので、タイミングもちょうどいい。

そんなことを口にすると、戦闘《せんとう》メイドのカミラは意外そうな声を上げた。

「移住者のために歓迎《かんげい》の催《もよお》しを開くなど、聞いたことがありません」

「そうなのか？」

「ええ。領地側は労働者として受け入れるだけですし、本人たちもそのつもりでやってきているでしょうから」

むう、なかなかに割り切った関係だな。

「とはいえ、同じ領地に暮らす仲間なんだ。オレの目が届くうちは歓迎してあげたいよ」

「かしこまりました。そのように取り計らいます」

礼儀《れいぎ》正《ただ》しく頭を下げるカミラ。返事はそっけなかったけど、どことなく嬉しそうな声だったのは気のせいじゃないと思いたい。


桜の木の周辺へ次々に料理と酒が運《はこ》び込まれていく。

保険の意味で数本植えておいた木々も、七分程度にまで桜が咲き、満開の桜の木と共に、なかなか見応《みごた》えのある光景となっていた。

「おう、タスク！　そなたも一杯《いっぱい》どうだ！」

ひとり早くも宴《うたげ》を始めているのか、来賓席《らいひんせき》へ腰掛《こしか》けたジークフリートは、赤色の液体がなみなみと注がれたグラスを掲《かか》げ、豪快《ごうかい》な笑い声を上げている。

「やめておきますよ。この前、早々に酔いつぶれちゃったんで」

「なんだ。義父《ちち》の酒が飲めんというのか？」

「タチの悪い絡《から》み方しないでください。あとで乾杯《かんぱい》の挨拶してもらうんですからね？　お義父《とう》さんこそ飲みすぎないでくださいよ」

わかっとるわかっとると鷹揚《おうよう》に頷く龍人族《りゆうじん》の王。本当にわかってんのかな？　賢龍王《けんりゆう》へあまり酒を勧《すす》めないよう、アレックスとダリルに言っておかないと。

あ、そうそう。アレックスとダリルといえば、今回、花見料理として用意したカレーに興味があるみたいだ。

元々暮らしていた土地が人間族の国だったこともあり、香辛料《こうしんりよう》に馴染《なじ》みこそあったものの、スパイスを調合して作るカレーは未知の料理だったらしく。

「面白いですね。組み合わせ方で香《かお》りも味わいも変わるとは……」

「焙煎《ばいせん》するとさらに違った味になるのかよ……。奥が深いな、こりゃあ……」

なんて感じで、試食の段階からカレーの虜《とりこ》になっていた。スパイスを多用した料理は、ハーフフットの味覚にあうのかもしれないな。

そして彼《かれ》ら以外にも、カレーの虜となった人物がもうひとり。龍人族の王女リアである。薬としても使われる香辛料を多用し、カレーという料理に変貌《へんぼう》させることは、優秀《ゆうしゆう》な薬

学者でもある彼女《かのじょ》の知的好奇心《こうきしん》を大いに刺激したのか、

「美味《おい》しいものを食べながら健康になれるなんて……。ボク、カレーが気になります！」

どこかの古典部に所属しているヒロインのような言葉を口にしつつ、リアは瞳《ひとみ》を輝かせ、カレーとはなんぞやと矢継《やつ》ぎ早《ばや》に質問するのだった。

オレ自身、専門家というわけではないので、知ってるだけのことしか教えられないのだが、それでもリアの新たな研究対象として、カレーが加わったらしい。

そんなわけで、今回用意された花見料理の中にはカレー風味のから揚げとか、ロングテールシュリンプのカレー炒《いた》めとか、アレンジを加えられたメニューが多数見受けられることとなった。

クラウスがお土産《みやげ》で持ってきた香辛料が早くも底を付きそうな様子だけど、ま、いいか。気がつけば食欲を刺激する香りが辺りに漂いはじめ、領民のみんなも揃《そろ》っている。どうやら準備が整ったようだ。

それを察したのか、すでに赤ら顔のジークフリートが立ち上がる。そして短い挨拶と共にグラスを掲げ、ひときわ大きな声を発した。

「乾杯《プロージット》！」

あちこちで交《か》わされる乾杯の声と共に笑顔が弾《はじ》け、異世界初となる花見がいよいよ始まった。……始まったんだけど。

ハイエルフの前国王であるクラウスだけは、なぜか花見の会場にその姿を現さなかった。

以前使っていた寝室には椅子《いす》とテーブルを設け、ひとり窓辺から景色を見やっている、銀色のハイエルフがいる。

ワインの瓶を片手に抱え、オレは旧領主邸《てい》の二階へと足を運んだ。

「おう、タスク。よろしくやらせてもらってるぜ」

優雅《ゆうが》な手付きで口元へグラスを運ぶクラウス。チーズの盛り合わせがテーブルの上に陣《じん》取《ど》っているが、その表面はやや乾燥《かんそう》しており、どうやら手付かずのようだ。

「花を愛《め》でながら酒を飲む宴なんだろ？　つまみはオマケみたいなもんさ」

「酒ばっかりだと体に悪いぞ。あとで食べ物を持ってくるよ」

それじゃあから揚げを頼むと笑うクラウスに、はいはいと乱暴な返事で応じ、オレは同じように窓から外を眺めやった。

遠く先に桜の木々が望め、窓越《まどご》しから賑《にぎ》やかな喧騒《けんそう》が漏《も》れ聞こえる。

「宴会、一緒にやればよかったのに」

「ん？　俺がいることがバレたら、ハイエルフ連中が気を遣《つか》って楽しめないと思ってよ」

「マンガを作るのに、ここで暮らすんだろ？　遅《おそ》かれ早《はや》かれ、クラウスのことはバレると思うけど」

「そりゃそうだな、違いねえ。ま、気持ちの問題ってやつさ」

ハハハと笑い声を上げ、クラウスは再び窓辺を見やった。

「どっちにせよ、ジークのおっさんは泊まっていくんだろう？　そうなったら夜遅《よるおそ》くまで酒の相手をしなきゃなんねえし。いまはこのぐらいがちょうどいいんだよ」

「そんなもんか？」

「そんなもんさ。だから、タスク。お前さんも気を遣う必要なんかないんだぜ？」

バレたか。せっかくならみんなで楽しみたいと思っていたんだけどね。

「ここでも十分楽しめてるって。桜も見られるし」

「それならいいけど……。これ、差し入れのワインな」

「おっ。ありがたいねぇ。白のボトルを空けちまうところでさ、そろそろ赤にしたいと思っていたんだ」

随分《ずいぶん》ハイペースで飲んでるみたいだけど……。大丈夫《だいじょうぶ》なのかね？

とりあえず意識がはっきりしている内に、要件を伝えなければ。

「エリーゼから連絡《れんらく》でな」

「うん？」

「将棋マンガのプロットを書いてくれたらしい。あとで確認《かくにん》してくれって」

「おっ、マジか⁉　さすがはタスクの嫁《よめ》さんだな。仕事が早いねえ」

ウンウンと感心したように頷くクラウス。

「花見が終わった夜にでも渡《わた》すから、飲みすぎて酔い潰《つぶ》れないようにな？」

自戒《じかい》の意味も込めて呟くと、ハイエルフの前国王はわかってるさと片手を上げて応じてみせる。ま、オレなんかより遥かに酒には強いだろうし、心配ないだろうけど。

それじゃあまた後でと言い残して寝室を出たオレは、慣れた足取りで階段を降りていく。

住み慣れた家に他の誰《だれ》かが暮らしていると違和感《いわかん》があるな、なんて、そんなことをぼんやり思いながらリビングに出ると、意外な人物がオレの視界を捉えるのだった。

「……何してんだ、ソフィア？」

「うひぃっ⁉」

いやいや……。「うひぃっ」って。どんな反応だよ。

びくりと体を震《ふる》わせたソフィアは、動揺《どうよう》から手に持っていたバスケットを落としそうになりつつも、なんとか堪《こら》えているようだ。

先日とはうって変わり、オレンジ色のツインテールとフルメイクを決《き》め込んだ魔道士は、華《はな》やかな装いに身を包み、バツの悪そうな表情を浮かべている。

「た、た、たぁくんこそ、な、なに、してんのよっ！」

「クラウスへ差し入れに来ただけだけど」

「ふ、ふ～ん。そ、そう……」

さっきからずっとそわそわしているし、清々《すがすが》しいほどの挙動不審《きょどうふしん》っぷりだな。

「ああ。もしかしてソフィアも差し入れに来たのか？」

「……っ！」

何気なく尋《たず》ねたつもりだったのだが、ソフィアにとっては核心《かくしん》を突《つ》いた問いかけだったようで。

「べべべべべ別にぃ!?　そそそそそんなんじゃないしぃ!!」

顔を真っ赤にして反論してくるんだもんな。差し入れに来た意図がバレバレだっての。

「それにしても、クラウスがここにいるってよくわかったな」

あまり動揺させてもかわいそうだと、オレはワンクッション置いて、ソフィアの様子を伺《うかが》うことにする。

「……お花見の場所、探してもいないんだもん……。カミラに聞いたらぁ、こっちにいるってぇ……」

「なるほど」

「ごちそういっぱいあったのにぃ、食べないのはもったいないでしょぉ？」

バスケットの中から、ほんのりとスパイシーな香りが漂う。中にカレー風味のから揚げでも入っているのだろうか。

「持っていってあげたらクラウスも喜ぶさ」

「そ、そうかなぁ？」

「ワインばっかり飲んでるみたいだしな。何かしら食べ物を持ってきてやろうと思ってたんだ。ソフィアが来てくれてよかったよ」

まんざらでも無さそうに照れ笑いを浮かべた後、ソフィアは表情を曇《くも》らせる。

「でもさぁ、あんなことがあったからぁ……。恥ずかしいっていうかぁ」

「あんなこと？」

「ほらぁ、ついこの間、たぁくんの家でやっちゃったじゃない」

「自作のBLを目の前で熟読されたことか？　それともすっぴんを見られたことか？」

「悪かったわねぇ！　両方よぅ、両方っ！　どっちも恥ずかしかったのぉ！」

「さいですか」

ムキになって言い返すソフィアをなだめながら、オレは続けた。

「クラウスはそんなこと気にするようなヤツじゃないし、堂々としてればいいんだよ」

「そんなこと言われてもぉ……」

「っていうかさ、らしくないじゃんか。気になる相手に、攻《せ》めの姿勢でぐいぐいいくってのが売りじゃなかったのか？」

「たぁくんてばぁ、アタシのことどんな風に思ってぇ……まあ、あってるケドさぁ」

アルフレッドに迫《せま》っていた頃《ころ》とは異なる、恋《こい》する乙女《おとめ》の顔でソフィアは呟く。

「ああいうことがあってもぉ、普《ふ》通《つう》に接してくれる人なんて初めてだったんだもん。急に迫ってぇ、嫌《きら》われるようなことがあったらどうしようとか考えちゃうよぅ……」

「大丈夫だって。知り合って間もないけど、裏表のない気持ちのいいヤツだってことはわかってるしさ。心配すんなよ」

「そ、そうかなあ」

誰からも好かれるような爽やかさだしな、クラウスは。少年マンガで言うなら、王道系主人公タイプってやつ？

しかもハイエルフの前国王ときたもんだ。さぞかしモテるんだろうね。

……あれ？　そういやクラウスって、結婚《けっこん》してるのか？　世界中を旅して回ってるってことは聞いたけど、家庭環境《かんきょう》のことについてはまったく知らないな。

後押《あとお》ししたところで、結局のところ、奥《おく》さんが何人もいましたっていう結末の可能性も捨てきれないけど……。新たな恋へ踏《ふ》み出そうとしているソフィアに諦めとけなんて言えるわけがないし。

さんざん悩んだ挙げ句、オレはこんな言葉でツインテールの魔道士《まどうし》を送り出した。

「とにかく当たって砕《くだ》けてくりゃいいじゃん。骨は拾ってやるからさ」

「ちょっとぉ、たぁくん酷《ひど》くない？　まだ砕けるかどうかわかんないじゃん！」

「いいから行ってこいって。それだけ言い返せる元気があるなら上手《うま》くいくだろ」

わかってますよぉとベロを出し、足音を立てながらソフィアは階段を上っていく。恋心《ごころ》の結果がどうであれ、悔《く》いが残らないよう健闘《けんとう》を祈《いの》るばかりだ。

そんな心がキュンキュンするような、少女マンガ的ひとコマはさておいて。

花見会場に戻《もど》ったオレを待っていたのは、異様の一言に尽《つ》きる宴会の光景だった。

上半身裸《はだか》のハンスとワーウルフたちが繰《く》り広げるボディビル大会を筆頭に、酒に酔った戦闘メイドたちによる、華麗《かれい》な空中戦が展開されているプロレスとか。

これまた酔っているであろうファビアンが甘《あま》い言葉を囁《ささや》いている相手が桜の木で、フローラはフローラでお構いなしにしらたまの背にまたがっては、ロデオもどきな遊びに興じていたり。

暑いから脱《ぬ》ぐと言って不意に服を脱ぎだそうとするクラーラを必死に止めていたカミラが、突如、「クラーラ様に服を脱がせるわけには参りません！　ここは私が！」なんて叫《さけ》んで、メイド服を脱ごうとしているのをリアが止めたり。

かと思えば宴会初参加のハイエルフたちが、肩《かた》を組み、陽気に歌って踊《おど》っていたり。

あまりの収拾《しゅうしゅう》のつかなさっぷりは、この場に留《とど》まるのを本能が拒否《きょひ》するレベルだ。

……クラウスのところで静かに飲んでたほうがいいかもな。そんな考えが頭をよぎり、踵《きびす》を返そうとした瞬間《しゅんかん》。背中に飛びつく謎《なぞ》の人物が。

「たぁすくぅ……、どこにいっておったのじゃぁ？　ずぅぅっと、さがしておったというのにぃぃぃぃぃ」

両手両足をオレの体に絡《から》ませて、アイラはアルコール混じりの吐息《といき》を漏らした。

「よめをほうりだして……ヒック……あちこちうろつきまわるとはぁぁぁ……。ていしゅのかざかみにもおけんっ……ック……やつじゃのぉぉ」

「いや、誤解だっての。オレはただ」

「もんどうむようっ！」

手足を外したアイラはオレの前に回り込んだかと思いきや、目を座《すわ》らせたまま、猛烈《もうれつ》な

勢いで胸元へダイブしてくる。

「ぬふふふふぅ……。もう、はなしはせんぞぅ……。た〜っぷりあまえさせてもらうからのぅ……」

そう言って、猫耳《ねこみみ》をぴょこぴょこ動かしながら、体ごと擦《す》り寄せるアイラ。……普段《ふだん》からこのぐらい可愛《かわい》いといいのになあ。

満足げな猫人族の頭を撫《な》でてやっていると、今度は別の叫び声が。

「ああああああ！　タックンとアイラっちがいちゃついてるっ☆」

ウチもウチもと声を上げげつつ駆け寄ってくるベル。こうなると、いつもと同じような展開が待っているんだろうなあ。

その予感は正しかったようで、ベルの後ろからやってくるエリーゼとリアの姿が次々と視界に入る。

（もはや風流とか、桜で花見とか、一切《いっさい》関係ないな、コレ……）

ため息混じりにそんなことを思いつつ、遠慮《えんりょ》なしで飛び込《こ》んでくる奥さんたちを、オレは全身で受け止めるのだった。

あとがき

こんにちは、タライ和治です。皆様の温かい応援のおかげもあって、『異世界のんびり開拓記』も四巻目を迎えることができました。感謝をお伝えしたいところなのですがっ！　あとがきに割けるページ数が一ページでございまして、ええ。気持ちだけでも届いてくださいという心境なのであります。

今回もイシバシヨウスケ先生に魅力的なイラストを描いていただきました。表紙を飾るお茶会は見ているだけで楽しさが伝わりますね！　いつもありがとうございます！

そして、コミカライズ版『異世界のんびり開拓記』の第一巻が大絶賛発売中となっております。しょうじひでまさ先生作画によって描かれた、もうひとつの『イセタク』、是非ともお手にとってご覧ください。

あと、今回のお話の続きは『ノベルアップ＋』といった小説サイトにて、ＷＥＢ版として掲載しております。こちらもチェックしていただければ幸いです。

……と、駆け足でお届けしましたが、今回はこのあたりでお別れです。またお目にかかれる時を楽しみにしています。それではまた！

HJ NOVELS
HJN61-04

異世界のんびり開拓記 4 –平凡サラリーマン、万能自在のビルド&クラフトスキルで、気ままなスローライフ開拓始めます！–

2023年2月20日　初版発行

著者——タライ和治

発行者—松下大介
発行所—株式会社ホビージャパン
〒151-0053
東京都渋谷区代々木2-15-8
電話　03(5304)7604（編集）
03(5304)9112（営業）

印刷所——大日本印刷株式会社

装丁——木村デザイン・ラボ／株式会社エストール

ISBN978-4-7986-3081-6　C0076